비즈니스 한국어

公事包韓語
Business Korean

陳慶德、慎希宰 (신희재) 著

金英美 (김영미) 審訂

DEPAR?

✈ China

✈ Korea

✈ Japan 13

사업은 잘 되어 갑니까?
事業發展一切順利吧?

應對韓國客戶、商業往來、談判溝通、
出差旅行、餐敘聊天,各種商務會話情境
一本包辦,即時溝通零距離!

CONTENTS 目錄

推薦文 1

2012 年 9 月，敝人帶領教育部設立在台灣各地的六所頂尖科技大學（國立台灣科技大學、國立台北科技大學、國立雲林科技大學、國立高雄第一科技大學、國立高雄應用科技大學以及國立屏東科技大學）區域產學合作中心的主任及經理們，來到韓國進行四天三夜的「2012 年國際產學暨技職教育韓國參訪產學合作」交流活動，在參訪了四所韓國知名學校之後，最讓我印象深刻的莫過於南韓最高學府－國立首爾大學（Seoul National University）的訪問，也因為這個機緣，認識了當時在國立首爾大學就讀西洋哲學博士班，且是位優秀的口譯人員－陳慶德。

在會議上，慶德同學流利的即席翻譯、謙恭有禮的態度，與我們這些來自台灣的教授們談笑風生，互相交流了很多有關於台灣與韓國的文化差異現象，並且針對台灣未來的教育等等議題交換意見，讓我們留下極深的印象。

的確，能在異鄉看到我們的台灣留學生為了自己的目標與理想，離鄉背景的努力，不禁讓我自己回想起二十幾年前，在美國讀碩士時，逢年過節（尤其聖誕節），學校大唱空城計，那種每逢佳節倍思親的心情，我想這也是現在眾多在海外台灣留學生的共同心聲吧（此次拜訪首爾大學的時候，正值韓國傳統家人團圓的節日－中秋節前夕，慶德同學顯露出思鄉情懷），辛苦雖是辛苦，但我也常常鼓勵學生們，多出去外面走一走，培養世界觀，當學成歸國，回到台灣報效教育界或企業界時，以前所流的汗水及付出的心力都是值得的。

因這段緣分認識了慶德，事後得知他在台灣已經擔任韓國語講師多年，也曾在雲林科技大學通識課程、書展會場等地進行過多場演講，很高興台灣有著這樣一位熱心研究台灣與韓國文化、社會差異的學者，且更令人驚豔的是慶德勤於寫作筆耕，樂於分享他的所學所得，陸陸續

續在兩岸三地出版了有關於韓國語教育的學習書、翻譯作品等等，已近二十卷之多，他對教育真摯的態度以及熱忱，讓我很感動，這次又逢慶德出版新書《公事包韓語》邀請敝人撰文寫推薦序，本人在此十分樂意極力推薦慶德此優秀的作品，我也相信這是一本有益於國內韓語學習者的好書，能讓我們藉由語言瞭解他國文化、優點，進一步吸收為本國所用。

國立高雄第一科技大學
管理學院院長
管理研究所所長
資訊管理系所教授

孫思源 教授

推薦文 2

「謝絕功名冊」：論南台灣的韓國語文與韓國學研究

「韓流」大舉襲捲台灣之際，在南台灣，韓國語文與韓國學研究的資源卻相當缺乏，筆者開拓南部韓國語文與韓國學研究，值今多年。期間，受邀相關的研究計畫參與、演講、授課（小語種）、出書、邀稿、推薦師資、審查委員、課程委員、締結姐妹校、翻譯、專訪、求教……，不勝枚舉。大概是筆者學術研究與教學服務精神，一向受到肯定，因而職場或透過網路管道「慕名」而來。因此，筆者獨自一人，分身乏術，難以取捨，但是又秉持學習、誠信、能者多勞的理念，任勞任怨。由此可知在南南灣，韓國語文與韓國學研究的博士級人才實在不多。慶幸的是，韓國籍的博士日漸增多，台灣籍的留韓碩士也紛紛崛起，韓國籍留華學生也陸續加入，原來一群原本具有「韓國語文與韓國學研究」的碩士級人才因「韓流」持續升溫之下，與韓國交流逐漸頻繁，舉辦韓國活動也日益增多，而有機會在南台灣適才適用。如此，不論是在大學校院或是補習班，南台灣的韓國語文與韓國學研究與學習可說是與日俱增，並且蓬勃發展。

筆者在南台灣的教學態度，當然也包括曾在北台灣大學校院的教學態度，始終抱持著「南向熱忱」的服務精神，獨自由北南下往返，不計長途舟車顛簸。再者，數年前，南台灣的學界先進與業界的賢達人士共同催生「東亞學會」，其中附屬的「韓國研究中心」為南台灣第一個韓國研究中心，筆者榮獲受邀擔任中心執行長，後移轉「台日協會東亞中心」，可見南台灣的韓國語文與韓國學研究逐漸受到重視。以上所述，因此，曾被學生封為南台灣的「開山始祖」，實在愧不敢當，但是感到欣慰。然而由於稿約、邀課不斷，以及研究計畫案等，可謂盛情難卻，因此，只有部分減量措施。雖然遑論功名，但是總自認是功成身退，不敢掠美，以利提攜後進。日前新聞標題：「謝絕功名冊」，使得筆者感

同身受，令人欽佩，因此引用，聊以論述。

　　非常榮幸，今日出身於韓國一流名門學府國立首爾大學博士候選人陳慶德學弟邀約，為《公事包韓語》一書寫作推薦文。由於陳學弟的治學方法以及教育理念與筆者相同，並且陳學弟在韓國語文與韓國學的研究與出版方面，表現極為優秀，未來也將加入南台灣的韓國博士師資陣容，值得嘉許。

韓國高麗大學文學博士
韓國西江大學韓國語教師研修課程證書
王永一 教授

書序

淺論韓國人的情與恨

　　十幾年前，第一次在母校台中東海大學結交眾多韓國友人，在這樣的緣分之下，開展了自己對於韓國這神秘國度的探討、研究，其中包含了韓國語言學之外，也包含了韓國哲學、文化以及社會觀察，而有幸在 2009 年考取入學了韓國最高學府國立首爾大學（Seoul National Univ.）人文學院博士班，讓我自己能在當地更進一步的深入地當地體會、觀察到韓國人的社會以及個性；在這幾年之間，筆者在台灣以及韓國等地參加了大大小小的中英韓口譯活動，以及翻譯許多韓國當地著作數十本等等，這些與韓國人的交流、經驗，讓我有與一般留學生不同的體會。

　　在此處雖談及韓國人的個性以及相處之道，我不希望讀者認為所有的韓國人就是如同筆者筆下所描繪出來的就是這樣、這般，而形成一種變形的「東方主義」（Orientalism）觀念，即強灌某些概念在這個國家、人民上面，視他們為不會變化的實體（Substanz）而存在。

　　因為「人」是世間上最複雜、深奧的學問。在這裡我只能提出我自己在韓國當地與韓國人相處的經驗（Erlebnisses），所觀察到的心得與讀者們分享。

　　首先言及韓國人的個性，大家的第一印象一定是：「韓國人民族性很強，很愛國！」，或者「愛耍小手段、作弊，什麼都是他們發明的！」等偏見，的確，人的確是依循著偏見（Vorurteil）而存在，沒有人可以脫離偏見而生存，而因為有這樣的偏見，我們才會注意到韓國的存在。

　　但是，筆者要提出的問題是，當我們這樣論及他國文化之後，當我們

反身自問：那麼台灣呢？有誰分析反省過自己居住的台灣，台灣的主體性是什麼？或者說，以上我們得知有關於韓國種種消息、印象是從哪裡來的呢？透過中文翻譯或者是以訛傳訛呢？我們是否真懂韓國語，閱讀當地的新聞、報導過呢？這些消息是否正確？這些現象是否真實？這是一個很有趣，同時也是一個深刻值得反思的問題。

就筆者自己的觀察，韓國人的個性不脫離兩個字，即「情」（정）以及「恨」（한）字。先言及「情」字，在韓國當地的超商或者市場中，有販賣著非常有名的巧克力，而在包裝上面就寫著大大「情」（정）這一字為醒目標題，除此之外，在韓國語俗語中，也有這樣的一句話：「即使是小小的豆芽，也要跟他人一起分享。」（콩 한쪽도 나눠 먹는다.）所以，我對韓國人第一個評價就是「情」（정）。最佳的例子莫過於，在 1998 年韓國遭遇到經濟風暴，韓國人為了讓自己國家免於破產，全國上下人民團結起來，對於自己的國家有著濃厚的「情」，願意把自己家中的存款、黃金，不分金額大小也願意捐獻出來給國家重新建設，這也造就現今亞洲新勢力新韓國的誕生。

繼之，為什麼筆者會說到韓國人的個性其中還有「恨」這一特性呢？因為我們都知道，朝鮮半島地理位置位居中國、日本中間，可以說是一個非常重要的地理位置，不論在古代歷史上，中國欲佔領日本或者是日本欲進軍中國，必經之地就是朝鮮半島，也因此朝鮮半島在歷史上，可以說遭遇了不少戰火的侵殘；又如同當代軍事史上，1950 年代朝鮮半島歷經的韓戰，導致美軍的駐紮於南韓地域為權等等，故在韓國人深層意識下，總覺得外來之人非善類。在這裡的「恨」之所以為恨，深層原因在於他們在一種歷史上無力的反抗；在這裡的「恨」之所以為恨，

表現方法乃是在當今韓國蓬勃發展時，他們必須以一種極端的（異於我們中華文化的「和」的精神）方式表現。當然，我也希望韓國人漸漸看到這負面的力量，因為這種力量雖為力量，但終究不是正面的。

次之，在韓國語體系中也充分出反映出韓國人的倫理道德精神，韓國語語系中有著極嚴格的敬語（높임말）、半語（반말）的區分（雖然在我們中文世界也有）；人的年紀以及地位在韓國語對話中，都可以清楚地的被表達出來，也就是這樣的一個特性，韓國語最難處就是在「語氣」（뉘앙스, nuance）上，而這正是受到儒家文化思想影響甚深的韓國特色之一。

當然為人所詬病的包括韓國人的團結心、運動競技場上的種種表現，我們當然可以用眾多的現象來加以詮釋，比如韓國人的「火病」（홧병, 凡事要求效率、快）、「注重他人目光」以及「外貌至上主義」（외모지상주의）等等的社會現象，但是限於篇幅的關係，筆者只能簡單提出上面幾點而已。

回到此書的安排，現今時代台灣學習韓國語的學生日漸增多，與韓國生意、來往的機會增加，眼看國內尚未有一本具有規模的「商務韓國語會話」（筆者記得國內寫作這一專題的會話書，已經是十幾年的著作了，當然我是心存感謝著看待著這些前輩在這一領域的經營）出現，所以筆者自報拋磚引玉編著這本《公事包韓語》，以八大章節構成，也就是「商場見面」、「辦公商務情境」、「商業電話用語」、「商業談判以及簽訂契約」、「表達意見以及會議討論」、「社交活動」、「商務出差、旅行」以及「緊急情況」，其中在各大章節又區分種種商場上的情況，共計 40 個小單元，也是筆者親身在韓國職場上常常遇到的狀況整理出來的。除此之外，筆者還精心設計區分出長對話、短句型以及單獨子句三種學習使用場景，符合廣大學習者所需，希望幫助讀者藉由此書應付、解決大部分的韓國商場上的情況。

繼之，上面的篇章的安排乃就商場實用上編排而成，在書的附錄，筆者特別收錄，也是國內首本收錄「商用韓國語基礎關鍵詞彙」以及「常見的韓國語國際貿易詞彙」二單元。除了方便讀者自修之外，把單字、詞彙單獨收錄為一篇，最重要的目的是不希望讀者在學習開口講商用韓國語會話時，受到單字的影響，或者被單字牽著走，而忽略到整句話的脈絡情境，如：「귀찮게 해서 미안합니다 . 스미스씨는 아직 안 들어 오셨습니까？」一句型（請參閱此書：商業電話用語章節）

乍看下，因為遷就單字（「귀찮다」具有「麻煩、不耐煩、煩絮以及煩厭」等意思）的意思，很多人會翻成：「很麻煩您真不好意思，史密斯先生還沒進來嗎？」，但是，若考慮到使用的情境，筆者譯為「（又打電話來）叨擾您真不好意思，史密斯先生還沒有進來嗎？」，在文句中增加的語境說明，筆者一律以『（　）』來補充，好讓讀者掌握整句話的語感 。

最後，本書出版之際，我特別要感謝雲嘉南地區的國際獅子會、青商會眾多會長及會友的聯名推薦，其中有嘉義獅子會（Chiayi Lions Club）會友金潤洙、嘉義青商會（JCI）2013 年侯宗延會長、郭建賦大哥，2012 年斗六獅子會會長－黃景菘以及莿桐青商會 2011 年曾紹威會長等等眾多前輩的提攜，更也感謝知名連鎖餐飲業－西那不落（시나브로）、韓國館（한국관）老闆－김윤수以及桃花源老闆娘王蕾蕾女士等人的推薦，讓這本書的實用性更上一層；除此之外，也要感謝在國內大專院校，跨領域推薦的國立高雄第一科技大學－孫思源博士（管理學院院長）、雲林科技大學－徐啟銘博士（教育部區域產學合作中心主任）以及金英美老師（目前活躍於韓國口譯界）等人。

也感謝我韓國當地韓籍老師－愼希宰（신희재）的合著，以及金英美（김영미）的審稿，讓這本書更顯得精確、實用，最後也感謝聯經出版社的李芃小姐精心的編排，並邀請韓籍老師－洪智叡、尹大勳老師全程錄製我們書內大份量的對話，以惠讀者；以及我那一群可愛的學生們，

他們在課堂對於韓國語認真的學習，讓我更加真實負責自己寫出來的東西。

　　當然，書內若有文字錯誤、或者謬誤，理當由我負起全責，也敬請各方大家指教。

　　謝謝。

筆者 陳慶德
癸巳年 2013 年 09 月
於國立首爾大學冠岳山研究室 敬上

CHAPTER 0
韓語拼音結構解析
及基本用語

在進入此書正文前，希望讀者先認識拼音文字的韓語中所有子母音一覽表，以及韓語的拼音結構，除了複習之外，也方便之後索引使用；而韓文的拼音字型，就如同我們熟悉的注音符號一般，如同「媽」（ㄇㄚ）這一中文字，我們可以清楚看到，注音符號只有上下的拼音方式，但是韓語的拼音方式則有兩大類，四種標音方式，筆者在下方分述韓文拼音方式、例字以及對照注音符號排列，讓大家一窺韓文拼音文字的究竟。

CHAPTER 0
韓語拼音結構解析及基本用語

 1 韓語拼音結構

1 兩個表音符號（子音加母音）組成的構造表，有二種情況：
為 1 左右拼音以及 2 上下拼音：

마 = | 子音 | 母音 | ㅁ | ㅏ | m (ㄇ) | a (ㄚ) |

如： ㅁ m ＋ ㅏ a ＝ 마 ma
ㄹ r ＋ ㅣ i ＝ 리 ri
ㅂ b ＋ ㅣ i ＝ 비 bi

누 = | 子音 | ㄴ | n (ㄋ) |
| 母音 | ㅜ | u (ㄨ) |

如： ㄴ n ＋ ㅜ u ＝ 누 nu
ㅁ m ＋ ㅜ u ＝ 무 mu
ㅇ不發音 ＋ ㅠ yu ＝ 유 yu

2 三個以上的表音符號（子音加母音加收尾音）組成的構造表，分別有二種情況：3 個（或 4 個）標音符號以左右下方式，以及 4 上中下方式組成的韓文字，如下例：

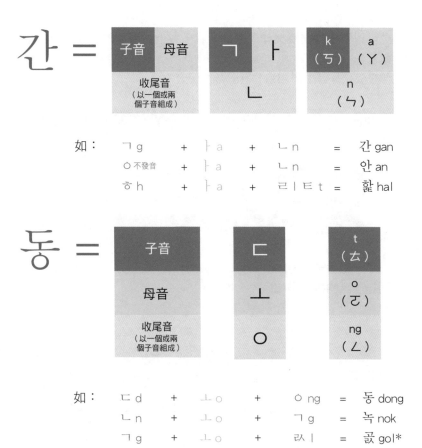

如： ㄱ g ＋ ㅏ a ＋ ㄴ n ＝ 간 gan

ㅇ不發音 ＋ ㅏ a ＋ ㄴ n ＝ 안 an

ㅎ h ＋ ㅏ a ＋ ㄹㅣㅌ t ＝ 핥 hal

如： ㄷ d ＋ ㅗ o ＋ ㅇ ng ＝ 동 dong

ㄴ n ＋ ㅗ o ＋ ㄱ g ＝ 녹 nok

ㄱ g ＋ ㅗ o ＋ ㄲㅣ ＝ 곬 gol*

＊ 在上面第三、四組的拼音方式，雖可以看到有四個拼音符號組成的韓文字（핥、곬），但是在人體發音機能上，我們只能發出三個拼音符號的音，而韓語的拼音結構上會有以兩個拼音符號出現的收尾音。

當然，這種拼音方式位置有牽涉到以韓文的「字型」（初聲，초성、中聲，중성以及終聲，종성）的構字原理，在此因考量到初學者階段，故從略，若有興趣者，請參閱敝人《簡單快樂韓國語 1》（統一）第一章。

也可以舉出兩句韓文句子來綜合我們在上方學到的韓文拼音結構，如下：「안녕하세요 .（an-nyeong-ha-se-yo.）」（中文意思：您好），那麼我們是怎麼拼出這句話的韓文發音呢？

안 = ㅇ + ㅏ + ㄴ	「an = ψ（不發音）+ a + n」
녕 = ㄴ + ㅕ + ㅇ	「nyeong = n + yeo + ng」
하 = ㅎ + ㅏ	「ha = h + a」
세 = ㅅ + ㅔ	「se = s + e」
요 = ㅇ + ㅛ	「yo = ψ（不發音）+ yo」

再來一個例子，如「고마워요 .（go-ma-wo-yo.）」（中文意思：謝謝），而這句話的拼音是如何呢？如下：

고 = ㄱ + ㅗ	「go = g + o」
마 = ㅁ + ㅏ	「ma = m + a」
워 = ㅇ + ㅜ + ㅓ	「wo = ψ（不發音）+ w + o」
요 = ㅇ + ㅛ	「yo = ψ（不發音）+ yo」

藉由上面的圖表、例字、注音符號以及句子的對照，我們可以清楚地看到，其實韓語跟注音符號拼音方式的差異，只是擺放的位置不同罷了。

接下來，我把所有韓語標音符號子母音以及收尾音分列表格說明，便於翻閱查詢發音。

2 韓文標音符號一覽 🔍 ((●)) 01

首先，筆者先整理出所有的韓文標音符號一覽表，方便我們之後進行解説。

● 子音 14 個 （前方為在初聲處發的音，後方為在終聲處發的音）

子音字型	ㄱ	ㄴ	ㄷ	ㄹ	ㅁ	ㅂ	ㅅ
韓式音標	기역 (gi-yeok)	니은 (ni-eun)	디귿 (di-geut)	리을 (ri-eul)	미음 (mi-eum)	비읍 (bi-eup)	시옷 (si-ot)
羅馬拼音	g/k	n/n	d/t	r/l	m/m	b/p	s/t
子音字型	ㅇ	ㅈ	ㅊ	ㅋ	ㅌ	ㅍ	ㅎ
韓式音標	이응 (i-eung)	지읒 (ji-eut)	치읓 (chi-eut)	키읔 (ki-euk)	티읕 (ti-eut)	피읖 (pi-eup)	히읗 (hi-eut)
羅馬拼音	無聲 /ng	j/t	ch/t	k/k	t/t	p/p	h/t

● 單母音 10 個

單母音字型	ㅏ	ㅑ	ㅓ	ㅕ	ㅗ
韓式音標	아	야	어	여	오
羅馬拼音	a	ya	eo	yeo	o
單母音字型	ㅛ	ㅜ	ㅠ	ㅡ	ㅣ
韓式音標	요	우	유	으	이
羅馬拼音	yo	u	yu	eu	i

● 複合母音 11 個

複合母音字型	ㅐ	ㅒ	ㅔ	ㅖ	ㅘ	ㅙ
韓式音標	애	얘	에	예	와	왜
羅馬拼音	ae	yae	e	ye	wa	wae

複合母音字型	ㅚ	ㅞ	ㅝ	ㅟ	ㅢ
韓式音標	외	웨	워	위	의
羅馬拼音	oe	we	wo	wi	ui

● 硬音 5 個

硬音字型	ㄲ	ㄸ	ㅃ	ㅆ	ㅉ
韓式音標	쌍기역 (ssang-gi-yeok)	쌍디귿 (ssang-di-geut)	쌍비읍 (ssang-bi-eup)	쌍시옷 (ssang-si-ot)	쌍지읒 (ssang-ji-eut)
羅馬拼音	kk	tt	pp	ss	jj

● 收尾音 27 個（7 種發音方式）

收尾音字型	ㄱ	ㄴ	ㄷ	ㄹ	ㅁ	ㅂ	ㅅ	ㅇ	ㅈ
羅馬拼音	k	n	t	l	m	p	t	ng	t
收尾音字型	ㅊ	ㅋ	ㅌ	ㅍ	ㅎ	ㄲ	ㅆ	ㄳ	ㄵ
羅馬拼音	t	k	t	p	t	k	t	k	n
收尾音字型	ㄶ	ㄺ	ㄻ	ㄼ	ㄽ	ㄾ	ㄿ	ㅀ	ㅄ
羅馬拼音	n	k	m	l	l	l	p	l	p

雖然這邊列出來的收尾音字型有將近 27 個，但是發音只有 7 種方式，就是 7 個代表音，也就是表格第一行：「ㄱ，ㄴ，ㄷ，ㄹ，ㅁ，ㅂ，ㅇ」。

而這邊要注意的有兩點，首先收尾音的標音符號雖然不同，但是有的是發成同一個音，也就是我們在前方所言，雖然有 27 個收尾音「字型」，但是只發 7 個代表音的意思喔；繼之，除了「ㄸ，ㅃ，ㅉ」三個硬音之外，其他的子音都可以當作收尾音喔。

筆者統一整理、添加例字如下方表格：

代表的收尾音	羅馬拼音	不同字型的收尾音，但是發音都是發成左方的代表音
ㄱ	k	ㄱ（식사，用餐）ㅋ（부엌，廚房）ㄲ（깎다，切斷）ㄳ（넋，魂魄）ㄹㄱ（맑다，清澈的）
ㄴ	n	ㄴ（운전，開車），ㄵ（앉다，坐），ㄶ（않다，非、不是）
ㄷ	t	ㄷ（숟가락，湯匙）ㅅ（다섯，五）ㅈ（낮，白天）ㅊ（꽃，花朵）ㅌ（끝나다，結束）ㅎ（빨갛다，紅）ㅆ（있다，有、在）
ㄹ	l	ㄹ（열다，打開）ㄼ（여덟，八）ㄽ（외곬，單方面）ㄾ（핥다，舔）ㅀ（잃다，遺失）
ㅁ	m	ㅁ（모임，聚會）ㄻ（삶，生活）
ㅂ	p	ㅂ（밥，飯）ㅍ（앞，前方）ㅄ（없다，沒有），ㄿ（읊다，朗讀）
ㅇ	ng	ㅇ（강아지，小狗）

※ 當然更多的發音規則，可以參閱敝人《韓語 40 音輕鬆學》以及《簡單快樂韓國語 1》（統一出版社），第四單元。

1 數字（漢字音）

일	이	삼	사	오
il	i	sam	sa	o
1	2	3	4	5
육	칠	팔	구	십
yuk	chil	pal	gu	sip
6	7	8	9	10

2 價錢的韓文説法

삼십 사만원	sam-sip sa-man won	340000 韓元
십사만 오천원	sip sa-man o-choen won	145000 韓元
오만 천 오백원	o-man choen o-baek won	51500 韓元
사만 오천원	sa-man o-cheon won	45000 韓元
칠천원	chil-cheon won	7000 韓元
육천 구백원	yuk-cheon gu-baek won	6900 韓元

만원	ma-nwon	10000 韓元
이만원	i-ma-nwon	20000 韓元
천원	cheo-nwon	1000 韓元
이천원	i-cheo-nwon	2000 韓元
백원	bae-gwon	100 韓元
이백원	i-bae-gwon	200 韓元
십원	si-bwon	10 韓元
이십원	i-si-bwon	20 韓元

※ 請注意「一萬元」、「一千元」、「一百元」，在發成韓文音時，都是直接發成「萬元」、「千元」、「百元」，不用在前方加上「1」這個數字。

3 常用句子

● 안녕하세요 .
an-nyeong-ha-se-yo.
您好。

● 감사합니다 .
gam-sa-hap-ni-da.
謝謝。

● 또 봐요 .
tto bwa-yo.
再見！

● 네 .
ne.
是。

● 아니요 .
  a-ni-yo.
  不是。

● 좋아요 .
  jo-a-yo.
  好。

● 좋지 않아요 .
  jo-chi a-na-yo.
  不好。

● 있어요 .
  i-sseo-yo.
  有。

● 없어요 .
  eop-sseo-yo.
  沒有。

● 이해했습니다 .
  i-hae-haet-sseum-ni-da.
  我懂了。

● 이해 못 했습니다 .
  i-hae mot haet-sseum-ni-da.
  我不懂（你説的話）。

● 잘 알겠습니다 .
  jal al-get-sseum-ni-da.
  我知道了。

● 모르겠습니다 .
mo-reu-get-sseum-ni-da.
我不知道。

● 그건 무슨 뜻이에요 ?
geu-geon mu-seun tteu-si-e-yo?
那是什麼意思呢？

● 천천히 말씀해 주세요 .
cheon-cheon-hi mal-sseum-hae ju-se-yo.
請說慢一點。

● 중국어를 할 줄 압니까 ?
jung-gu-geo-reul hal jjul am-ni-kka?
請問您懂中文嗎？

● 저는 한국어를 잘 못합니다 .
jeo-neun han-gu-geo-reul jal mo-tam-ni-da.
我的韓文不太好。

● 영어로 이야기해도 됩니다 .
yeong-eo-ro i-ya-gi-hae-do doem-ni-da.
可以跟我用英文溝通。

CHAPTER 1
商場見面

我們常常說與人見面「第一印象」很重要,生意的交流也是如此,商業的交流、往來成敗與否,往往也莫基在我們與客戶接觸的禮儀、態度上。因此我們在這一章節中,首先要介紹的就是最基本的交際用語,其中包含感謝他人、鼓勵以及祝福他人等等,將最基本的日常會話,應用到實際的商場會話上。

CHAPTER 1
商場見面

韓國的金先生與台灣的陳先生在
商展會場上遇到，許久不見的兩
人彼此問候、寒暄閒聊近況。

((•)) 03

가 : 미스터 진, 다시 만나서 반갑습니다.
ga: mi-seu-teo jin, da-si man-na-seo ban-gap-sseum-ni-da.
陳先生，很高興再次見到您。

나 : 오랜만이죠 ?
na: o-raen-ma-ni-jyo?
好久不見了吧？

가 : 그런 것 같아요. 요즘 어떻게 지내셨습니까 ?
ga: geu-reon geot ga-ta-yo. yo-jeum eo-tteo-ke ji-nae-syeot-sseum-ni-kka?
真的是好久不見囉，最近過得還好嗎？

나 : 덕분에 잘 지냈습니다. 당신은 어떠세요 ?
na: deok-ppu-ne jal jji-naet-sseum-ni-da. dang-si-neun eo-tteo-se-yo?
托您的福，過得不錯！而您呢？

가 : 계속 바빠요 . 그런데 그동안 어디 계셨어요 ?

ga: gye-sok ba-ppa-yo. geu-reon-de geu-dong-an eo-di gye-syeo-sseo-yo?

還是一樣忙，對了，您這陣子都在哪裡（怎都不見您）？

商場見面

나 : 여름 내내 출장 때문에 대만에 없었어요 .

na: yeo-reum nae-nae chul-jang ttae-mu-ne dae-ma-ne eop-sseo-sseo-yo.

夏天都在出差，所以沒有在台灣。

가 : 그나저나 하나도 안 변하셨어요 . 나이가 드실수록 더 좋아 보이 는군요 .

ga: geu-na-jeo-na ha-na-do an byeon-ha-syeo-sseo-yo. na-i-ga deu-sil-su-rok.

但是今天一見您，還是跟以前一樣都沒有變呢，年紀越大越健壯囉。

나 : 당신도 그런데요 .

na: dang-sin-do geu-reon-de-yo.

您也是啊。

超實用句子現學現賣

1 日常交際用語 ((●)) **04**

● 새로 온 영업부장입니다 . 먼저 , 제 소개를 하겠습니다 .

sae-ro on yeong-eop-ppu-jang-im-ni-da. meon-jeo, je so-gae-reul ha-get-sseum-ni.

我是新來的營業部部長。首先，讓我來自我介紹一下。

방금 소개받은 미스터 김입니나 .

bang-geum so-gae-ba-deun mi-seu-teo gi-mim-ni-na.

剛剛介紹的是金先生。

이쪽은 제 동료 미스터 박입니다 .

i-jjo-geun je dong-nyo mi-seu-teo ba-gim-ni-da.

這邊是我的同事，朴先生。

영업부에서 일하고 있습니다 .

yeong-eop-ppu-e-seo il-ha-go it-sseum-ni-da.

我現在在營業部裡面工作。

말씀 많이 들었습니다 .

mal-sseum ma-ni deu-reot-sseum-ni-da.

我常常聽到很多有關於您的事情。

만나 뵙고 싶었습니다 .

man-na boep-kko si-peot-sseum-ni-da.

一直很想跟您見面。

명함 한 장 주시겠어요 ?

myeong-ham han jang ju-si-ge-sseo-yo?

可以給我一張您的名片嗎？

● 어떻게 지내세요 ?

eo-tteo-ke ji-nae-se-yo?

您過得還好嗎 ?

商場見面

● 요즘 어떻게 지내고 계세요 ?

yo-jeum eo-tteo-ke ji-nae-go gye-se-yo?

最近您過得還好嗎 ?

● 오랜만입니다 .

o-raen-ma-nim-ni-da.

好久不見。

● 그 이후로 뭘 하고 계십니까 ?

geu i-hu-ro mwol ha-go gye-sim-ni-kka?

在那之後，您都做些什麼事情 ?（在那之後，您都怎麼過呢 ?）

● 가 : 사업은 잘 되어 갑니까 ?

ga: sa-eo-beun jal ttoe-eo gam-ni-kka?

事業發展一切順利吧 ?

나 : 늘 그렇지요 .

na: neul kkeu-reo-chi-yo.

還不都是這樣、跟以前一樣。

● 별일 없습니다.

byeo-ril eop-sseum-ni-da.

沒有什麼特別的事情。

● 항상 바빠요.

hang-sang ba-ppa-yo.

（事業）還是持續忙碌。

● 너무 오래 있었던 것 같군요.

neo-mu o-rae i-sseot-tteon geot gat-kku-nyo.

我想我好像待太久了。

● 지금 가 봐야겠습니다.

ji-geum ga bwa-ya-get-sseum-ni-da.

我現在該走了。

● 만나서 매우 반가웠습니다.

man-na-seo mae-u ban-ga-wot-sseum-ni-da.

很高興跟您會面、見面。

● 다시 만나 뵙기를 바랍니다.

da-si man-na boep-kki-reul ppa-ram-ni-da.

希望下次還有機會跟您見面、碰頭。

● 대만을 떠나시기 전에 다시 만났으면 합니다.

dae-ma-neul tteo-na-si-gi jeo-ne da-si man-na-sseu-myeon ham-ni-da.

在您離開台灣之前，希望能夠再次與您見面。

● 가까운 시일 내에 다시 만나 뵈었으면 합니다 .

ga-kka-un si-il nae-e da-si man-na boe-eo-sseu-myeon ham-ni-da.

希望能在不久之後，就能再見到您。

商場見面

● 좋은 친구가 되었으면 합니다 .

jo-eun chin-gu-ga doe-eo-sseu-myeon ham-ni-da.

我希望能跟您成為好朋友。

● 가끔 놀러 오세요 .

ga-kkeum nol-leo o-se-yo.

有空就過來玩、常常聯絡喔。

2 感謝以及祝賀的用語 ((●)) 05

● 축하해요 . 부장으로 승진하셨다면서요 .

chu-ka-hae-yo. bu-jang-eu-ro seung-jin-ha-syeot-tta-myeon-seo-yo.

恭喜您，聽説您升職為部長職位了。

● 정말 큰일을 해내셨군요 .

jeong-mal keu-ni-reul hae-nae-syeot-kku-nyo.

您的功勞很大。

● 모든 일이 잘되시길 바랍니다 .

mo-deun i-ri jal-ttoe-si-gil ba-ram-ni-da.

希望每件事情都進展的很順利。

● 행운을 빌게요 .
haeng-u-neul ppil-ge-yo.
祝您好運。

● 득남을 축하드립니다 .
deung-na-meul chu-ka-deu-rim-ni-da.
恭喜您當爸爸了。
恭喜您生了兒子。

● 생일을 축하드립니다 .
saeng-i-reul chu-ka-deu-rim-ni-da.
祝您生日快樂。

● 29(스물아홉) 번째 생일을 축하해요 .
29(seu-mu-ra-hop)beon-jjae saeng-i-reul chu-ka-hae-yo.
祝您二十九歲生日快樂。

● 축하해요 . 술과 담배를 끊으셨다면서요 .
chu-ka-hae-yo. sul-gwa dam-bae-reul kkeu-neu-syeot-tta-myeon-seo-yo.
恭喜您，聽說您戒掉酒跟香菸啦？

● 여러 가지로 감사드립니다 .
yeo-reo ga-ji-ro gam-sa-deu-rim-ni-da.
在各方面，真的都很感謝您照顧我。

어떻게 감사를 드려야 할지 모르겠습니다.

eo-tteo-ke gam-sa-reul tteu-ryeo-ya hal-jji mo-reu-get-sseum-ni-da.

我真的不知道怎麼表達我心中的謝意。

당신의 도움에 감사드리고 싶었습니다.

dang-si-nui do-u-me gam-sa-deu-ri-go si-peot-sseum-ni-da.

我想對您的幫助表達謝意。

위로해 주셔서 감사드립니다.

wi-ro-hae ju-syeo-seo gam-sa-deu-rim-ni-da.

感謝您安慰、鼓勵我。

그처럼 융통성 있게 처리해 주셔서 감사드립니다.

geu-cheo-reom yung-tong-seong it-kke cheo-ri-hae ju-syeo-seo gam-sa-deu-rim-ni-da.

感謝您這麼通融地處理此事情。

당신이 무척 도움이 되었습니다.

dang-si-ni mu-cheok do-u-mi doe-eot-sseum-ni-da.

您無疑會成為我最大的幫助、助益。

저한테 너무 잘해 주시는군요.

jeo-han-te neo-mu jal-hae ju-si-neun-gu-nyo.

您對我真的太照顧、太好了。

● 그렇게 말씀해 주시니 고맙습니다 .

geu-reo-ke mal-sseum-hae ju-si-ni go-map-sseum-ni-da.

很謝謝您對我這麼説。（如對方給出良好的建議、稱讚時。）

● 제가 좋아서 한 건데요 .

je-ga jo-a-seo han geon-de-yo.

這是我的榮幸、沒什麼的。

● 아무것도 아닌데 대단하게 생각하지 마십시오 .

a-mu-geot-tto a-nin-de dae-dan-ha-ge saeng-ga-ka-ji ma-sip-ssi-o.

舉手之勞而已，沒什麼。

這沒什麼的，不用太客氣。

● 훌륭하시군요 !

hul-lyung-ha-si-gu-nyo!

真厲害、您太棒了。

● 잘하시는군요 .

jal-ha-ssi-neun-gu-nyo.

您做的真好。

● 당신은 항상 저보다 한 수 위군요 .

dang-si-neun hang-sang jeo-bo-da han su wi-gu-nyo.

您總是領先我一步呢。

您真是我值得效法的對象。

그건 당신의 공적입니다 .

geu-geon dang-si-nui gong-jeo-gim-ni-da.

這些都是您的功勞啊。

당신은 그럴 만할 자격이 있습니다 .

dang-si-neun geu-reol man-hal jja-gyeo-gi it-sseum-ni-da.

您有充分的資格（得到這樣的職位，或者是獎賞）。

어디서 배워서 그렇게 요리를 잘하세요 ?

eo-di-seo bae-wo-seo geu-reo-ke yo-ri-reul jjal-ha-sse-yo?

您在哪裡學得這麼棒的做菜、料理技術啊？

계획을 끝까지 밀고 나가는 당신이 존경스럽습니다 .

gye-hoe-geul kkeut-kka-ji mil-go na-ga-neun dang-si-ni jon-gyeong-seu-reop-sseum-ni-da.

我很敬佩您能夠把計畫一直撐到最後完成它。

과찬입니다 .

gwa-cha-nim-ni-da.

您過獎了。

3 招待、建議以及婉拒的用語 ((●)) 06

언제 한번 놀러 오세요 .

eon-je han-beon nol-leo o-se-yo.

有空的時候，抽空來坐坐。

● 제 초청을 받아 주시겠습니까?

je cho-cheong-eul ppa-da ju-si-get-sseum-ni-kka?

您能接受我的邀請嗎？

● 기꺼이 가겠습니다.

gi-kkeo-i ga-get-sseum-ni-da.

非常樂意去。

● 파티가 몇 시에 시작되죠?

pa-ti-ga myeot si-e si-jak-ttoe-jyo?

派對幾點開始？

● 가 : 파티가 몇 시에 끝나죠?

ga: pa-ti-ga myeot si-e kkeun-na-jyo?

派對幾點結束呢？

나 : 아홉시 반이에요.

na: a-hop-ssi ba-ni-e-yo.

九點半結束。

● 가 : 정장을 해야 합니까?

ga: jeong-jang-eul hae-ya ham-ni-kka?

要穿正式的服裝出席嗎？

나 : 네, 맞습니다.

na: ne, mat-sseum-ni-da.

對的，沒錯。

● 가 : 양복을 입어야 합니까 ?

ga: yang-bo-geul i-beo-ya ham-ni-kka?

一定要穿西裝（出席）嗎？

나 : 아닙니다 . 괜찮습니다 .

na: a-nim-ni-da. gwaen-chan-sseum-ni-da.

不用，沒關係的。

● 가 : 오늘 몇 분이 올 것 같습니까 ?

ga: o-neul myeot bu-ni ol geot gat-sseum-ni-kka?

今天有幾位（客人）會過去呢？

나 : 스무 명입니다 .

na: seu-mu myeong-im-ni-da.

二十位左右。

● 늦으셔도 상관없습니다 .

neu-jeu-syeo-do sang-gwa-neop-sseum-ni-da.

晚點到也沒關係的。

● 기다리고 있었습니다 .

gi-da-ri-go i-sseot-sseum-ni-da.

我正在等您呢。

● 이렇게 추운 날씨에는 뜨거운 커피 한 잔이 최고입니다.

i-reo-ke chu-un nal-ssi-e-neun tteu-geo-un keo-pi han ja-ni choe-go-im-ni-da.

在這麼冷的天氣喝上一杯熱咖啡，真是舒服啊。

● 술을 끊는 게 좋겠습니다.

su-reul kkeun-neun ge jo-ket-sseum-ni-da.

我建議您最好戒酒。

● 천천히 드세요.

cheon-cheon-hi deu-se-yo.

請慢慢用（餐、飲料）。

● 가 : 이것까지 다 드세요.

ga: i-geot-kka-ji da deu-se-yo.

請您也把這吃完吧。

나[1]: 저는 요즘 다이어트 중입니다.

na: jeo-neun yo-jeum da-i-eo-teu jung-im-ni-da.

我最近在減肥。

나[2]: 배가 부릅니다.

na: bae-ga bu-reum-ni-da.

我吃飽了。

● 만나서 매우 반가웠습니다 .

man-na-seo mae-u ban-ga-wot-sseum-ni-da.

很高興跟您會面、見面。

商場見面

● 자세를 편히 하십시오 .

ja-se-reul pyeon-hi ha-sip-ssi-o.

放輕鬆點，當作自己的家吧。

請您不要拘謹。

● 외투를 벗고 편히 쉬세요 .

oe-tu-reul ppeot-kko pyeon-hi swi-se-yo.

您可脫下外套，放鬆休息。

● 신발을 벗으세요 .

sin-ba-reul ppeo-seu-se-yo.

請脫鞋子。

● 여기 좀 더 계시지 그러세요 ?

yeo-gi jom deo gye-si-ji geu-reo-se-yo?

請您再多留一會吧？

請您再多坐一會吧。

● 차로 댁까지 모셔다 드릴까요 ?

cha-ro daek-kka-ji mo-syeo-da deu-ril-kka-yo?

您介意我開車帶您回家嗎？

讓我開車送您回家吧？

● 그럴 생각이 없습니다.

geu-reol saeng-ga-gi eop-sseum-ni-da.

我沒有這個想法。

● 아무것도 하고 싶은 생각이 없습니다.

a-mu-geot-tto ha-go si-peun saeng-ga-gi eop-sseum-ni-da.

我打算不做任何事情。

● 그럴 기분이 아닙니다.

geu-reol gi-bu-ni a-nim-ni-da.

現在我沒有這個心情。

現在不是做這件事情的時候。

● 그러고 싶지만 선약이 있었어요.

geu-reo-go sip-jji-man seo-nya-gi i-sseo-seo-yo.

我也想答應（您的要求、約定），但是我已經事先答應別人了。

● 오늘은 매우 바쁩니다.

o-neu-reun mae-u ba-ppeum-ni-da.

今天我非常忙。

● 오늘 시간 없습니다.

o-neul ssi-gan eop-sseum-ni-da.

我今天沒有時間。

● 저는 쇼핑을 하고 싶지 않습니다 .

jeo-neun syo-ping-eul ha-go sip-jji an-sseum-ni-da.

我不想去逛街購物。

● 미안하지만 , 그렇게는 안 되겠는데요 .

mi-an-ha-ji-man, geu-reo-ke-neun an doe-gen-neun-de-yo.

對不起，但是我真的覺得這樣不行。

● 그건 무리한 요구입니다 .

geu-geon mu-ri-han yo-gu-im-ni-da.

這要求有點過份了。

4 道歉、讓步以及拜託的用語 ((●)) **07**

● 제가 한 행동에 대해 사과 드립니다 .

je-ga han haeng-dong-e dae-hae sa-gwa deu-rim-ni-da.

我為我之前的行為跟您道歉。

● 고의로 그런 것은 아니었습니다 .

go-ui-ro geu-reon geo-seun a-ni-eot-sseum-ni-da.

我並不是故意、有心這麼做的。

● 대단히 죄송합니다 . (or 진심으로 사과 드립니다)

dae-dan-hi joe-song-ham-ni-da. (or jin-si-meu-ro sa-gwa deu-rim-ni-da)

獻上我十二萬分歉意。

● 제 잘못입니다 .

je jal-mo-sim-ni-da.

是我的錯、我做錯了。

● 미안합니다 . 제가 깜박 잊었습니다 .

mi-an-ham-ni-da. je-ga kkam-bak i-jeot-sseum-ni-da.

對不起，我忘記了。

● 미안합니다 . 제가 날짜를 혼동했습니다 .

mi-an-ham-ni-da. je-ga nal-jja-reul hon-dong-haet-sseum-ni-da.

對不起，我把日期搞混了、搞錯了。

● 실례했습니다 . 제가 사람을 잘못 봤습니다 .

sil-lye-haet-sseum-ni-da. je-ga sa-ra-meul jjal-mot bwat-sseum-ni-da.

不好意思，我認錯人了。

● 다시는 이런 일이 일어나지 않을 겁니다 .

da-si-neun i-reon i-ri i-reo-na-ji a-neul kkeom-ni-da.

（我保證）以後絕對不會有同樣的事情發生了。

● 그건 제가 생각이 부족했기 때문입니다 .

geu-geon je-ga saeng-ga-gi bu-jo-kaet-kki ttae-mu-nim-ni-da.

因為我的疏忽、考慮不周到，而造成的失誤。

商場見面

● 제가 좀 더 주의를 했어야 했습니다 .

je-ga jom deo ju-ui-reul hae-sseo-ya haet-sseum-ni-da.

我應該更要注意、謹慎點才對的。

● 제가 말을 잘못 했습니다 .

je-ga ma-reul jjal-mot haet-sseum-ni-da.

是我說錯話了、是我失言了。

● 당신이 사과할 필요는 없습니다 .

dang-si-ni sa-gwa-hal pi-ryo-neun eop-sseum-ni-da.

您沒有必要道歉。

您沒有道歉的理由。

● 잠깐 실례합니다 .

jam-kkan sil-lye-ham-ni-da.

不好意思、打擾您一下。

● 기분이 나쁘지 않았으면 합니다 .

gi-bu-ni na-ppeu-ji a-na-sseu-myeon ham-ni-da.

希望沒有造成您心情不好、冒犯到您。

● 생각할 시간을 좀 주시겠어요 ?

saeng-ga-kal ssi-ga-neul jjom ju-si-ge-sseo-yo?

可以給我一些時間，讓我考慮一下嗎？

● 못 알아들었 / 겠습니다 .

mot a-ra-deu-reot/get-sseum-ni-da.

我不懂您的意思、我不瞭解。

● 여기에 써 주십시오 .

yeo-gi-e sseo ju-sip-ssi-o.

請您寫在這裡給我。

● 여기에 짐을 놔 두어도 될까요 ?

yeo-gi-e ji-meul nwa du-eo-do doel-kka-yo?

我可以把行李放在這裡嗎？

● 당신 차를 좀 빌려 쓸 수 있습니까 ?

dang-sin cha-reul jjom bil-lyeo sseul ssu it-sseum-ni-kka?

我可以借用一下您的車子嗎？

● 말씀 도중에 죄송합니다만 , 지금 시간이 있으세요 ?

mal-sseum do-jung-e joe-song-ham-ni-da-man, ji-geum si-ga-ni i-sseu-se-yo?

打斷您們的對話真不好意思，請問現在有時間嗎？

● 부탁을 들어 주시겠습니까 ?

bu-ta-geul tteu-reo ju-si-get-sseum-ni-kka?

我可以拜託您一件事情嗎？

● 개인적인 부탁을 드려도 될까요 ?

gae-in-jeo-gin bu-ta-geul tteu-ryeo-do doel-kka-yo?

我個人可以拜託您一件事情嗎 ?

● 꼭 부탁 드릴 게 하나 있습니다 .

kkok bu-tak deu-ril ge ha-na it-sseum-ni-da.

有一件事情一定要拜託您幫忙 。

● 거절하지 마세요 .

geo-jeol-ha-ji ma-se-yo.

請您不要拒絕我（的拜託）。

● 제 일에 익숙해질 때까지 여러분의 도움이 필요합니다 .

je i-re ik-ssu-kae-jil ttae-kka-ji yeo-reo-bu-nui do-u-mi pi-ryo-ham-ni-da.

在我完全熟悉、適應這份工作前，請各位多多照顧、幫忙 。

（大多用在新進來公司時間候語）

● 제 일이 자리가 잡힐 때까지 여러분의 지원이 필요합니다 .

je i-ri ja-ri-ga ja-pil ttae-kka-ji yeo-reo-bu-nui ji-wo-ni pi-ryo-ham-ni-da.

在我完全適應這份工作崗位前，很需要各位的支援 。

● 이것을 번역해 주십시오 .

i-geo-seul ppeo-nyeo-kae ju-sip-ssi-o.

請您幫我翻譯一下這個 。

5 鼓勵他人的用語 ((●)) 08

● 우울해 보이네요.
u-ul-hae bo-i-ne-yo.
您看起來有點憂鬱、沒有精神。

● 왜 그렇게 우울한 얼굴을 하고 계세요?
wae geu-reo-ke u-ul-han eol-gu-reul ha-go gye-se-yo?
為什麼表情這麼憂鬱呢？（發生什麼不好的事情了嗎？）

● 어떤 걱정거리가 있어 보이는군요.
eo-tteon geok-jjeong-geo-ri-ga i-sseo bo-i-neun-gu-nyo.
您看起來好像在擔心什麼事情的樣子？

● 걱정되는 일이라도 있으세요?
geok-jjeong-doe-neun i-ri-ra-do i-sseu-se-yo?
有什麼操心、擔心的事情嗎？

● 무슨 일이 생긴 건 아닙니까?
mu-seun i-ri saeng-gin geon a-nim-ni-kka?
是不是發生什麼事情了？

● 그저 조금 슬픈 기분입니다.
geu-jeo jo-geum seul-peun gi-bu-nim-ni-da.
我只是感覺到有點難過。

48

🔘 왜 그런지 눈물이 자꾸 납니다 .

wae geu-reon-ji nun-mu-ri ja-kku nam-ni-da.

我不知道為什麼，常常難過流淚。

🔘 스트레스만 쌓이고 있어요 .

seu-teu-re-seu-man ssa-i-go i-sseo-yo.

我的壓力很大。

我的壓力不斷地累積。

🔘 뭐라고 위로의 말씀을 드려야 할지 모르겠군요 .

mwo-ra-go wi-ro-ui mal-sseu-meul tteu-ryeo-ya hal-jji mo-reu-get-kku-nyo.

我真不知道要跟您説什麼來安慰您。

🔘 진정하세요 .

jin-jeong-ha-se-yo.

請您冷靜一點。

🔘 그렇게 화낼 이유가 없지요 .

geu-reo-ke hwa-nael i-yu-ga eop-jji-yo.

這件事情不值得您這麼生氣吧？

🔘 그런 일에 낙심하지 마세요 .

geu-reon i-re nak-ssim-ha-ji ma-se-yo.

不要因為這樣的事情垂頭喪氣。

● 그것 때문에 골치 아파하지 마세요.

geu-geot ttae-mu-ne gol-chi a-pa-ha-ji ma-se-yo.

不要因為這樣的事情,讓您頭痛、傷腦筋。

● 그것 때문에 그렇게 골머리 짜지 마세요.

geu-geot ttae-mu-ne geu-reo-ke gol-meo-ri jja-ji ma-se-yo.

不要因為這樣的事情,讓您這麼操心、煩心。

● 어떻게 된 건지 궁금하군요.

eo-tteo-ke doen geo-ji gung-geum-ha-gu-nyo.

我實在好奇,為什麼(事情)會變成、發展成這樣。

● 무엇 때문에 다투셨어요?

mu-eot ttae-mu-ne da-tu-syeo-sseo-yo?

您為了什麼吵架了?

● 두 사람 사이에 무슨 일이 있었습니까?

du sa-ram sa-i-e mu-seun i-ri i-sseot-sseum-ni-kka?

您和他之間,究竟是發生了什麼關係(爭吵)呢?

● 나쁜 것은 잊어버리고 좋은 것만 생각하세요.

na-ppeun geo-seun i-jeo-beo-ri-go jo-eun geon-man saeng-ga-ka-se-yo.

請忘記不愉快的,而記住愉快的。

請往好的方面想。

● 힘 내세요 .
him nae-se-yo.
加油。

● 그걸 해낼 시간이 충분해요 .
geu-geol hae-nael si-ga-ni chung-bun-hae-yo.
您有足夠的時間（可以做好這件事情。）

● 당신의 능력을 과소평가하지 마세요 .
dang-si-nui neung-nyeo-geul kkwa-so-pyeong-ga-ha-ji ma-se-yo.
您不要小看自己。

● 걱정할 것이 없어요 .
geok-jjeong-hal kkeo-si eop-sseo-yo.
沒有什麼好擔心的事情。

● 그때 가서 걱정하세요 .
geu-ttae ga-seo geok-jjeong-ha-se-yo.
船到橋頭自然直。
等到那時候再擔心吧。

● 기죽지 마세요 .
gi-juk-jji ma-se-yo.
請別氣餒。

● 필요한 건 강한 의지력입니다.
pi-ryo-han geon gang-han ui-ji-ryeo-gim-ni-da.
您需要的是堅強的意志力。

● 힘이 드시겠군요.
hi-mi deu-si-get-kku-nyo.
打起精神、力氣來。

● 당신에겐 내가 있으니 안심하세요.
dang-si-ne-gen nae-ga i-sseu-ni an-sim-ha-se-yo.
我會在您身邊（幫您加油的），請別擔心了。

● 어떻게 견디고 계세요?
eo-tteo-ke gyeon-di-go gye-se-yo?
您到底是怎麼樣撐過來（完成此事情）的？

● 그의 말이 저에게 큰 힘을 주었습니다.
geu-ui ma-ri jeo-e-ge keun hi-meul jju-eot-sseum-ni-da.
他的話給了我很大的力量。

● 당신 덕분에 용기가 생겼습니다.
dang-sin deok-ppu-ne yong-gi-ga saeng-gyeot-sseum-ni-da.
托您的福，讓我勇氣倍增。

※ 更多有關於生活會話短句型，請參閱敝人另外一本拙作《韓語超短句，從「是」（네）
開始》（統一出版社）

CHAPTER 2
辦公商務情境

在這一章節裡,我們要來處理在辦公室常常遇到的商場狀況,例如與客戶約定見面時間、地點,以及訪問其他公司並說明來意。除此之外,也將收錄在辦公室辦公常常遇到的問題,在韓國工作可能遇到的工作情況等,這裡都有詳細介紹。

CHAPTER 2
辦公商務情境

DEPARTURE
✈ China   11:15 AM   On Time
✈ Korea   12:00 PM   Delayed
✈ Japan   13:55 PM   On Time

會話：
拜訪公司和會議對話

史密斯先生遠從美國到韓國來
拜訪合作的公司，韓國的金先
生招呼、接待他。

((●)) 09

가 : 미스터 김 , 안녕하세요 .
ga: mi-seu-teo gim, an-nyeong-ha-se-yo.
金先生您好。

나 : 오 , 스미스 씨 그 동안 어떻게 지내셨어요 ?
na: o, seu-mi-seu ssi geu dong-an eo-tteo-ke ji-nae-syeo-sseo-yo?
喔，是史密斯先生，這陣子過得好嗎？

가 : 잘 지냈습니다 . 늦어서 죄송합니다 . 비행기가 연착되었습니다 .
ga: jal jji-naet-sseum-ni-da. neu-jeo-seo joe-song-ham-ni-da. bi-haeng-gi-
ga yeon-chak-ttoe-eot-sseum-ni-da.
過得不錯。對不起，有點晚到。飛機班次有點延誤。

나 : 괜찮습니다 . 앉아서 잠깐 기다리시죠 . 사장님께 오셨다고
말씀 드리겠습니다 . 스미스 씨 만나기를 고대하고 계십니다 .

na: gwaen-chan-sseum-ni-da. an-ja-seo jam-kkan gi-da-ri-si-jyo. sa-
jang-nim-kke o-syeot-tta-go mal-sseum deu-ri-get-sseum-ni-da. seu-
mi-seu ssi man-na-gi-reul kko-dae-ha-go gye-sim-ni-da.

沒關係。坐著等一下吧，我會向社長説您已經到了，他可是十
分期待您來這裡呢。

辦公商務情境

가 : 알겠습니다 . 감사합니다 .

ga: al-kket-sseum-ni-da. gam-sa-ham-ni-da.

好的，謝謝您。

超實用句子現學現賣

1 在公司處理業務時 ((●)) 10

● 가 : 그 일은 어떻게 되고 있어요 ?

ga: geu i-reun eo-tteo-ke doe-go i-sseo-yo?

這件事情處理的怎麼樣了？

나 : 우리가 무척 열심히 했기 때문에 예상보다 더 빨리 끝냈어요 .

na: u-ri-ga mu-cheok yeol-sim-hi haet-kki ttae-mu-ne ye-sang-bo-da deo
ppal-li kkeun-nae-sseo-yo.

在我們努力工作下，事情比我們想像中的還快結束。

● 결과를 아는 대로 알려 드리겠습니다.

gyeol-gwa-reul a-neun dae-ro al-lyeo deu-ri-get-sseum-ni-da.

結果一出來，我就馬上通知您。

● 모든 게 완결되면 전화를 드리겠습니다.

mo-deun ge wan-gyeol-doe-myeon jeon-hwa-reul tteu-ri-get-sseum-ni-da.

全部的事情完成、結束之後，我會打電話通知您的。

● 처리 기간은 보통 얼마나 됩니까?

cheo-ri gi-ga-neun bo-tong eol-ma-na doem-ni-kka?

處理的時間大概需要多久呢？

● 마감 시간에 맞추어야 합니다.

ma-gam si-ga-ne mat-chu-eo-ya ham-ni-da.

您不要超過限定截止時間（要求在某時間之內，完成某事情）。

● 급한 일을 우선 처리하세요.

geu-pan i-reul u-seon cheo-ri-ha-se-yo.

請您優先處理緊急的事情。

● 당신이 해야 할 일이 좀 있습니다.

dang-si-ni hae-ya hal i-ri jom it-sseum-ni-da.

有幾件您必須要做的事情。

● 잊어버리지 않도록 메모해 두세요.

i-jeo-beo-ri-ji an-to-rok me-mo-hae du-se-yo.

為了避免忘記，請寫下備忘錄、筆記吧。

● 그 사람들이 일을 어떻게 처리하고 있는지 점검해 보세요.

geu sa-ram-deu-ri i-reul eo-tteo-ke cheo-ri-ha-go in-neun-ji
jeom-geom-hae bo-se-yo.

請您檢驗一下他們怎麼處理這件事情的。

辦公商務情境

● 그가 돌아올 때까지 제가 대신 일을 맡고 있어요.

geu-ga do-ra-ol ttae-kka-ji je-ga dae-sin i-reul mat-kko i-sseo-yo.

在他回來之前，我先暫時代替他，處理他的事情、業務。

● 2(두) 시까지 끝내기 위해서는 지금 일에 착수해야 할 것 같
습니다.

2(du) si-kka-ji kkeun-nae-gi wi-hae-seo-neun ji-geum i-re chak-ssu-
hae-ya hal kkeot gat-sseum-ni-da.

如果我們想在兩點以前完成此事的話，現在就必須要趕緊動工。

● 다음 일은 뭐죠?

da-eum i-reun mwo-jyo?

下一件要做的事情是什麼？

● 밀린 일이 많아요.

mil-lin i-ri ma-na-yo.

要處理的事情很多。

積壓下來的工作很多。

● 할 일이 많아서 무엇부터 손을 대야 할지 모르겠어요.

hal i-ri ma-na-seo mu-eot-ppu-teo so-neul ttae-ya hal-jji mo-reu-ge-sseo-yo.

要做的事情實在太多了，我真不知道要從哪裡開始動手呢。

● 제 대신 업무를 맡아 주시겠어요?

je dae-sin eom-mu-reul ma-ta ju-si-ge-sseo-yo?

您能接替我的工作、業務嗎？

● 이 서류들을 어디에 철해 두어야 합니까?

i seo-ryu-deu-reul eo-di-e cheol-hae du-eo-ya ham-ni-kka?

這份文件應該往哪裡歸檔呢？

● 계획보다 늦었어요.

gye-hoek-ppo-da neu-jeo-sseo-yo.

比起計畫、時間表晚了些。

● 이 문제를 어떻게 시작해야 할지 모르겠어요.

i mun-je-reul eo-tteo-ke si-ja-kae-ya hal-jji mo-reu-ge-sseo-yo.

這個問題真不知道該怎麼開始解決。

● 제 일이 자리가 잡힐 때까지는 여러분의 도움이 필요합니다.

je i-ri ja-ri-ga ja-pil ttae-kka-ji-neun yeo-reo-bu-nui do-u-mi pi-ryo-ham-ni-da.

在我熟悉我的職務之前，需要各位的幫忙。

● 어떻게 그 문제를 해결하셨어요 ?

eo-tteo-ke geu mun-je-reul hae-gyeol-ha-syeo-sseo-yo?

那個問題您到底是怎麼樣解決的 ?

● 그 일은 당신이 생각하는 만큼 어렵지 않아요 .

geu i-reun dang-si-ni saeng-ga-ka-neun man-keum eo-ryeop-jji a-na-yo.

那件事情沒有您想像中的那麼難。

辦公商務情境

● 좌우간 그것에 대한 준비를 해 둡시다 .

jwa-u-gan geu-geo-se dae-han jun-bi-reul hae dup-ssi-da.

不管如何，我們先來準備好這件事情吧。

● 가 : 그 보고서가 언제까지 필요하십니까 ?

ga: geu bo-go-seo-ga eon-je-kka-ji pi-ryo-ha-sim-ni-kka?

那份報告何時需要呢 ?

나 : 내일입니다 .

na: nae-i-rim-ni-da.

明天。

● 이 보고서를 금요일까지는 끝내겠습니다 .

i bo-go-seo-reul kkeu-myo-il-kka-ji-neun kkeun-nae-get-sseum-ni-da.

這份報告我星期五前會完成。

● 빨리 해 치우겠습니다 .

ppal-li hae chi-u-get-sseum-ni-da.

我會趕快結束這項工作。

● 이 서류를 3(세) 부 만들어서 부장과 과장에게 1(한) 부씩 드리십시오 .

i seo-ryu-reul 3(se)bu man-deu-reo-seo bu-jang-gwa gwa-jang-e-ge 1(han)bu-ssik deu-ri-sip-ssi-o.

這份文件請做成三份，一份幫我交給部長、一份則是給科長的。

● 대충 훑어 봤어요 .

dae-chung hul-teo bwa-sseo-yo.

我大概瀏覽過 (文件、報告) 了。

● 매뉴얼을 직접 읽어 보세요 .

me-nyu-eo-reul jjik-jjeop il-geo bo-se-yo.

請您直接閱讀操作手冊看看吧。

● 이 보고서에는 부족한 점이 많이 있을 겁니다 .

i bo-go-seo-e-neun bu-jo-kan jeo-mi ma-ni i-sseul kkeom-ni-da.

這份報告中，不盡完美的地方還有很多。

2 與商業伙伴約定時間見面 ((●)) 11

● 그쪽에서 시간과 장소를 말씀해 보세요 .

geu-jjo-ge-seo si-gan-gwa jang-so-reul mal-sseum-hae bo-se-yo.

請您告訴我您願意 (見面) 的時間跟場所。

● 몇 시가 좋을까요?

myeot si-ga jo-eul-kka-yo?

幾點方便(見面)呢?

● 몇 시쯤 오시겠습니까?

myeot si-jjeum o-si-get-sseum-ni-kka?

幾點您可以過來呢?

● 그 분과 언제 약속이 가능하죠?

geu bun-gwa eon-je yak-sso-gi ga-neung-ha-jyo?

我何時可以跟他見面呢?

● 거기에 언제까지 도착하면 됩니까?

geo-gi-e eon-je-kka-ji do-cha-ka-myeon doem-ni-kka?

要幾點到那邊比較方便呢?

● 제가 몇 시에 들르면 가장 좋겠습니까?

je-ga myeot si-e deul-leu-myeon ga-jang jo-ket-sseum-ni-kka?

我幾點拜訪您最方便呢?

● 스미스 씨와 약속을 하고 싶습니다.

seu-mi-seu ssi-wa yak-sso-geul ha-go sip-sseum-ni-da.

我想和史密斯約會見面。

● 최대한 서두르면 몇 시까지 올 수 있습니까？

choe-dae-han seo-du-reu-myeon myeot si-kka-ji ol su it-sseum-ni-kka?

最快的話，幾點可以過來呢？

● 3(세) 시쯤에 시간이 있으십니까？

3(se) si-jjeu-me si-ga-ni i-sseu-sim-ni-kka?

三點左右的話，您有時間嗎？

● 내일 3 (세) 시에 오실 수 있습니까？

nae-il 3t-sse-t si-e o-sil su it-sseum-ni-kka?

明天三點，您可以過來嗎？

● 가 : 오늘이 무슨 요일이죠？

ga: o-neu-ri mu-seun yo-i-ri-jyo?

今天星期幾？

나 : 수요일이에요 .

na: su-yo-i-ri-e-yo.

星期三 。

일요일	i-ryo-il	星期日
월요일	wo-ryo-il	星期一
화요일	hwa-yo-il	星期二
수요일	su-yo-il	星期三
목요일	mo-gyo-il	星期四
금요일	geu-myo-il	星期五
토요일	to-yo-il	星期六

● 가 : 어느 요일이 좋겠습니까？

ga: eo-neu yo-i-ri jo-ket-sseum-ni-kka?

星期幾見面您比較方便呢？

나 : 토요일입니다 .

na: to-yo-i-rim-ni-da.

星期六 。

● 금주 중으로 언제 시간이 납니까 ?

geum-ju jung-eu-ro eon-je si-ga-ni nam-ni-kka?

本週哪一天您比較能空出時間呢 ?

● 아무 때나 오세요 .

a-mu ttae-na o-se-yo.

隨時歡迎您來。

辦公商務情境

● 가 : 거기서 바로 올 수 있습니까 ?

ga: geo-gi-seo ba-ro ol su it-sseum-ni-kka?

您能直接來到這裡嗎 ?

나 : 퇴근길에 당신 사무실에 들를게요 .

na: toe-geun-gi-re dang-sin sa-mu-si-re deul-leul-kke-yo.

我會在下班途中，順道去您辦公室（拜訪）。

● 근처에 오시면 꼭 들러 주세요 .

geun-cheo-e o-si-myeon kkok deul-leo ju-se-yo.

來到（我們公司）附近的話，一定要進來坐坐。

● 지금 들러서 만나 뵐 수 있을까요 ?

ji-geum deul-leo-seo man-na boel su i-sseul-kka-yo?

我現在順道過去，方便見面嗎 ?

● 우리 어디서 만날까요 ?

u-ri eo-di-seo man-nal-kka-yo?

我們在哪裡見面好呢？

● 거긴 너무 멀어요 . 중간쯤에서 만납시다 .

geo-gin neo-mu meo-reo-yo. jung-gan-jjeu-me-seo man-nap-ssi-da.

（要見面的地方）距離太遠了，我們折衷在中間見面吧。

● 불편하시지 않으면 이쪽으로 오시겠어요 ?

bul-pyeon-ha-si-ji a-neu-myeon i-jjo-geu-ro o-si-ge-sseo-yo?

如果方便的話，可以來我這邊嗎？

● 제가 내일 방문하겠다고 그분에게 알려 주세요 .

je-ga nae-il bang-mun-ha-get-tta-go geu-bu-ne-ge al-lyeo ju-se-yo.

請您幫我轉告他，我明天會過去拜訪（貴公司）。

● 오후에 시간이 나는 대로 들르겠습니다 .

o-hu-e si-ga-ni na-neun dae-ro deul-leu-get-sseum-ni-da.

我會盡快空出下午時間（見面的）。

● 원하시면 언제든지 사무실로 찾아가 뵙겠습니다 .

won-ha-si-myeon eon-je-deun-ji sa-mu-sil-lo cha-ja-ga boep-kket-sseum-ni-da.

您不介意的話，隨時都可以來辦公室找我（見面）。

● 중요한 일이 생겨서 약속을 지킬 수가 없습니다 .

jung-yo-han i-ri saeng-gyeo-seo yak-sso-geul jji-kil su-ga eop-sseum-ni-da.

臨時發生重要的事情，我怕我無法履行我們的約定會面。

● 오늘은 좀 곤란하군요 .

o-neu-reun jom gol-lan-ha-gu-nyo.

今天（時間）恐怕不方便。

辦公商務情境

● 약속 시간을 조금만 앞당기면 어떨까요 ?

yak-ssok si-ga-neul jjo-geum-man ap-ttang-gi-myeon eo-tteol-kka-yo?

把見面時間稍微提前，您覺得如何？

● 시간이 좀 더 걸리겠는데요 .

si-ga-ni jom deo geol-li-gen-neun-de-yo.

我會稍微耽擱一點時間。

● 오늘은 잠시도 자리를 비울 수가 없군요 .

o-neu-reun jam-si-do ja-ri-reul ppi-ul su-ga eop-kku-nyo.

我今天恐怕抽不出一點時間。

● 저는 오후에 주로 자리에 없습니다 .

jeo-neun o-hu-e ju-ro ja-ri-e eop-sseum-ni-da.

我下午都不在辦公室。

3 有人來拜訪公司，詢問來意及回應 ((●)) 12

● 실례지만 무슨 용건으로 오셨습니까?
sil-lye-ji-man mu-seun yong-geo-neu-ro o-syeot-sseum-ni-kka?
不好意思，請問一下您的來意是？

● 누구를 만나시려는 거죠?
nu-gu-reul man-na-si-ryeo-neun geo-jyo?
您想去見某人，對吧？

● 밀러 씨를 만나러 왔습니다.
mil-leo ssi-reul man-na-reo wat-sseum-ni-da.
我來拜會米勒先生。

● 밀러 씨가 당신께 가 보라고 했습니다.
mil-leo ssi-ga dang-sin-kke ga bo-ra-go haet-sseum-ni-da.
米勒先生叫我來拜會您。

● 회장님을 대신하여 제가 뵈러 왔습니다.
hwa-jang-ni-meul ttae-sin-ha-yeo je-ga boe-reo wat-sseum-ni-da.
我是代表會長，來跟您見面的。

● 그 분께 들어오시라고 할까요?
geu bun-kke deu-reo-o-si-ra-go hal-kka-yo?
要不要請他進來（公司）裡面呢？

● 들어가셔도 됩니다 .

deu-reo-ga-syeo-do doem-ni-da.

您可以直接進去（公司內）。

● 그게 언제 끝나죠 ?

geu-ge eon-je kkeun-na-jyo?

（這件事情）何時結束 ?

● 회의 중에 잠깐 나올 수 있나 봐 주세요 .

hoe-ui jung-e jam-kkan na-ol su in-na bwa ju-se-yo.

請您從開會中，抽出點時間，跟我見一下面。

● 그 분이 지금 당신을 만날 수 있는 지 확인해 보겠습니다 .

geu bu-ni ji-geum dang-si-neul man-nal ssu in-neun ji hwa-gin-hae
bo-get-sseum-ni-da.

我幫您確定一下，他現在是否能夠跟您見面。

● 당신이 오셨다고 그 분께 말씀 드리겠습니다 .

dang-si-ni o-syeot-tta-go geu bun-kke mal-sseum deu-ri-get-sseum-ni-da.

我會幫您轉達給他，說您來過了。

● 여기서 잠시 기다려 주시겠습니까 ?

yeo-gi-seo jam-si gi-da-ryeo ju-si-get-sseum-ni-kka?

您可以在這裡稍微等一下嗎 ?

● 여기 앉으셔서 잠깐 기다리세요. 그 분이 곧 나오실 겁니다.

yeo-gi an-jeu-syeo-seo jam-kkan gi-da-ri-se-yo. geu bu-ni got na-o-sil geom-ni-da.

請在這裡坐著稍等一下。他馬上就來了。

● 기다리시는 동안 커피 한잔 하시겠습니까?

gi-da-ri-si-neun dong-an keo-pi han-jan ha-si-get-sseum-ni-kka?

在等待的時間中，要不要來杯咖啡？

● 당신을 만나고 이야기도 할 겸해서 왔습니다.

dang-si-neul man-na-go i-ya-gi-do hal kkyeom-hae-seo wat-sseum-ni-da.

我除了想見您之外，也想跟您談談話，所以來到這裡。

● 마침 잘 오셨습니다.

ma-chim jal o-syeot-sseum-ni-da.

您來的真準時。

您來的正好。

● 벌써 찾아 뵈었어야 했는데 그러지 못했습니다.

beol-sseo cha-ja boe-eo-sseo-ya haen-neun-de geu-reo-ji mo-taet-sseum-ni-da.

早該過來跟您見面的，但是因為種種原因，拖到現在。

● 제 소견을 말씀 드리겠습니다.

je so-gyeo-neul mal-sseum deu-ri-get-sseum-ni-da.

讓我提出我的見解、看法。

● 당신의 의견과 내 의견은 비슷하군요.

dang-si-nui ui-gyeon-gwa nae ui-gyeo-neun bi-seu-ta-gu-nyo.

您的看法跟我的看法十分相似呢。

● 한 말씀 드려도 될까요?

han mal-sseum deu-ryeo-do doel-kka-yo?

我可以插嘴說上一句話嗎?

方便我講幾句話、意見嗎?

● 제 시간에 끝낼 수 없을 것 같습니다.

je si-ga-ne kkeun-nael su eop-sseul kkeot gat-sseum-ni-da.

我怕我無法準時在時間內結束此事情。

● 나중에 다시 와 주시겠습니까?

na-jung-e da-si wa ju-si-get-sseum-ni-kka?

您方便下次再過來嗎?

● 그 분은 지금 회의 중입니다.

geu bu-neun ji-geum hoe-ui jung-im-ni-da.

他現在正在開會中。

● 그분은 다른 손님과 함께 계십니다.

geu-bu-neun da-reun son-nim-gwa ham-kke gye-sim-ni-da.

他正和其他客人在一起。

69

● 미안합니다만, 그는 지금 만날 형편이 못 됩니다.

mi-an-ham-ni-da-man, geu-neun ji-geum man-nal hyeong-pyeo-ni mot doem-ni-da.

對不起，他現在無法跟您見面。

● 그 분은 조금 전에 회장실로 불려 갔습니다.

geu bu-neun jo-geum jeo-ne hoe-jang-sil-lo bul-lyeo gat-sseum-ni-da.

他剛剛被叫到會長室去。

● 다시 연락 드리겠습니다.

da-si yeol-lak deu-ri-get-sseum-ni-da.

我會再跟您聯絡的。

● 제가 여기에 왔었다고 그에게 전해주세요.

je-ga yeo-gi-e wa-sseot-tta-go geu-e-ge jeon-hae-ju-se-yo.

請您幫我轉告他，我來過這裡（拜訪他）。

4 在職場上常常出現的狀況用語 ((●)) **13**

● 늦을 것 같습니다.

neu-jeul kkeot gat-sseum-ni-da.

好像有點晚了。

好像會遲到。

● 다시는 늦지 않겠습니다.

da-si-neun neut-jji an-ket-sseum-ni-da.

下次不會再延遲了。

我下次一定準時交。

70

● 지각하게 된 납득할 만한 이유를 대보시오.

ji-ga-ka-ge doen nap-tteu-kal man-han i-yu-reul ttae-bo-si-o.

請您給我一個可以說服我您遲到的理由。

● 조퇴를 해야겠습니다.

jo-toe-reul hae-ya-get-sseum-ni-da.

我今天必須要早點下班、早退。

● 퇴근합니다.

toe-geun-ham-ni-da.

我（先）下班了。

● 개인 사정으로 하루를 쉬어야겠습니다.

gae-in sa-jeong-eu-ro ha-ru-reul sswi-eo-ya-get-sseum-ni-da.

我有私事，必須要請假一天。

● 그는 무단결근을 했어요.

geu-neun mu-dan-gyeol-geu-neul hae-sseo-yo.

他無故缺席、不來上班。

● 여기 오는 도중 과속으로 30(삼십일) 간 면허정지를 당했습니다.

yeo-gi o-neun do-jung gwa-so-geu-ro 30(sam-si-bil) gan myeon-heo-jeong-ji-reul ttang-haet-sseum-ni-da.

今天在來上班的途中，因為超速被吊銷駕照 30 天。

● 급여를 어느 정도 생각하고 계십니까?

geu-byeo-reul eo-neu jeong-do saeng-ga-ka-go gye-sim-ni-kka?

您希望薪水是多少呢？

● 월 급여는 얼마나 됩니까?

wol geu-byeo-neun eol-ma-na doem-ni-kka?

我一個月的薪水多少呢？

● 보너스 제도는 어떻게 되어 있습니까?

bo-neo-seu je-do-neun eo-tteo-ke doe-eo it-sseum-ni-kka?

獎金制度是怎麼算的呢？

● 그 일자리에 어떤 혜택이 있습니까?

geu il-ja-ri-e eo-tteon hye-tae-gi it-sseum-ni-kka?

這個職位有什麼補助、福利呢？

● 언제 봉급을 올려 주시겠습니까?

eon-je bong-geu-beul ol-lyeo ju-si-get-sseum-ni-kka?

我的薪水什麼時候調漲呢？

● 언제 봉급을 주시겠습니까?

eon-je bong-geu-beul jju-si-get-sseum-ni-kka?

什麼時候薪水可以入帳呢？

● 당신 급여를 주당 40(사십) 달러로 올려 주겠습니다.

dang-sin geu-byeo-reul jju-dang 40(sa-sip) dal-leo-ro ol-lyeo ju-get-sseum-ni-da.

您的薪水會在每週調漲 40 美金。

● 월급을 올려 달라고 요구했다가 거절당했어요.

wol-geu-beul ol-lyeo dal-la-go yo-gu-haet-tta-ga geo-jeol-dang-hae-sseo-yo.

（老闆）拒絕了我要求調薪的建議。

● 이것에 대해서는 회사가 비용을 부담해야 한다고 확신합니다.

i-geo-se dae-hae-seo-neun hoe-sa-ga bi-yong-eul bu-dam-hae-ya han-da-go hwak-ssin-ham-ni-da.

我確信這部分的費用是要由公司來負擔、給付的。

● 종업원에게 문화적, 교육적 기회를 만들어 주어야 한다고 생각합니다.

jong-eo-bwo-ne-ge mun-hwa-jeok, gyo-yuk-jjeok gi-hoe-reul man-deu-reo ju-eo-ya han-da-go saeng-ga-kam-ni-da.

我建議我們應該提供文化、教育的機會給我們的員工、職員。

5 **使用辦公室的機器** （(●)）**14**

● 이 자료를 컴퓨터에 입력해 주세요.

i ja-ryo-reul keom-pyu-teo-e im-nyeo-kae ju-se-yo.

請您幫我把這資料輸入到電腦中。

● 이 파일을 하드 드라이브와 플로피 디스크에 저장에 두세요.

i pa-i-reul ha-deu deu-ra-i-beu-wa peul-lo-pi di-seu-keu-e jeo-jang-e

du-se-yo.

請您把檔案儲存在硬碟和軟碟中。

● 복사기에 용지가 떨어졌어요.

bok-ssa-gi-e yong-ji-ga tteo-reo-jeo-sseo-yo.

影印機沒有紙了。

● 복사기에 종이가 걸렸어요.

bok-ssa-gi-e jong-i-ga geol-lyeo-sseo-yo.

影印機卡紙了。

● 컴퓨터 화면에 월간 판매보고서를 불러내 보세요.

keom-pyu-teo hwa-myeo-ne wol-gan pan-mae-bo-go-seo-reul ppul-

leo-nae bo-se-yo.

請把我們每個月份的銷售報告顯示在電腦螢幕上。

● 파일 이름을 뭐라고 지정했죠?

pa-il i-reu-meul mwo-ra-go ji-jeong-haet-jjyo?

您把檔案儲存為什麼檔名呢?

● 누가 파일을 관리하죠?

nu-ga pa-i-reul kkwal-li-ha-jyo?

誰負責管理檔案的呢?

● 인터넷을 어떻게 접속하죠 ?

in-teo-ne-seul eo-tteo-ke jeop-sso-ka-jyo?

（電腦）要怎麼連接到網路？

● 이 소프트웨어 사용법을 아세요 ?

i so-peu-teu-we-eo sa-yong-beo-beul a-se-yo?

這軟體要怎麼使用呢？

辦公商務情境

● 파워 포인트를 아직 설치하지 않았어요 ?

pa-wo po-in-teu-reul a-jik seol-chi-ha-ji a-na-sseo-yo?

PowerPoint 軟體到現在還沒有灌好嗎？

● 데이터가 다 없어졌어요 .

de-i-teo-ga da eop-sseo-jeo-sseo-yo.

資料全部不見了。

● 또 오타를 냈군요 .

tto o-ta-reul naet-kku-nyo.

您又誤打資料了。

您又打錯字了。

● 하루 종일 컴퓨터 화면을 보고 있으니까 정말 눈이 아파요 .

ha-ru jong-il keom-pyu-teo hwa-myeo-neul ppo-go i-sseu-ni-kka
jeong-mal nu-ni a-pa-yo.

一整天都盯著電腦螢幕看，眼睛真的很痠痛。

● 몇 부를 복사할까요?

myeot bu-reul ppok-ssa-hal-kka-yo?

需要幫您複印幾份（文件）呢？

● 몇 장이나 복사할 건가요?

myeot jang-i-na bok-ssa-hal kkeon-ga-yo?

要幫您影印幾張（文件）呢？

● 2(두) 부를 복사했어요.

2(du) bu-reul ppok-ssa-hae-sseo-yo.

我影印了兩份。

● 양면복사를 할 수 있습니까?

yang-myeon-bok-ssa-reul hal ssu it-sseum-ni-kka?

可以影印成雙面的嗎？

● B4 로 확대해 주세요.

B4ro hwak-ttae-hae ju-se-yo.

幫我放大成 B4 大小。

● B5 사이즈로 축소해 주세요.

B5sa-i-jeu-ro chuk-sso-hae ju-se-yo.

幫我縮小成 B5 大小。

● 이 페이지를 80% 로 축소해 주시겠어요 ?

i pe-i-ji-reul 80%ro chuk-sso-hae ju-si-ge-sseo-yo?

這頁可以縮小比例為 80% 嗎 ?

● 복사기를 사용한 후에는 원래대로 맞춰 놓으세요 .

bok-ssa-gi-reul ssa-yong-han hu-e-neun wol-lae-dae-ro mat-chwo no-eu-se-yo.

使用過影印機之後，請把它設定回原來的 (列印操作) 模式。

辦公商務情境

● 사본이 원본과는 다른데요 .

sa-bo-ni won-bon-gwa-neun da-reun-de-yo.

影印本和原本有所出入、不同。

● 복사기에 걸린 종이를 제거하는 방법을 좀 가르쳐 주시겠어요 ?

bok-ssa-gi-e geol-lin jong-i-reul jje-geo-ha-neun bang-beo-beul jjom ga-reu-cheo ju-si-ge-sseo-yo?

您能告訴我怎麼把影印機的卡紙清除掉嗎 ?

● 그 서류를 팩스로 보내 주시겠어요 ?

geu seo-ryu-reul paek-sseu-ro bo-nae ju-si-ge-sseo-yo?

可以請您把那份文件傳真過去嗎 ?

● 제가 보낸 팩스에 대해서 얘기를 나누고 싶습니다 .

je-ga bo-naen paek-sseu-e dae-hae-seo yae-gi-reul na-nu-go sip-sseum-ni-da.

我想跟您討論一下，我剛剛傳送過去的文件。

● 팩스로 계속 연락 드리겠습니다 .

paek-sseu-ro gye-sok yeol-lak deu-ri-get-sseum-ni-da.

我會一直以傳真通知您的。

● 당신 팩스가 아직 도착하지 않았습니다 .

dang-sin paek-sseu-ga a-jik do-cha-ka-ji a-nat-sseum-ni-da.

您的傳真我尚未收到、還沒有傳真過來。

● 보내 주신 팩스가 선명하게 나오지 않았습니다 .

bo-nae ju-sin paek-sseu-ga seon-myeong-ha-ge na-o-ji a-nat-sseum-ni-da.

您傳過來的傳真，不是很清楚。

● 내용을 알아볼 수가 없습니다 .

nae-yong-eul a-ra-bol su-ga eop-sseum-ni-da.

我無法辨讀（傳真上面的）文字內容。

● 글씨가 일그러져 있어요 .

geul-ssi-kka il-geu-reo-jeo i-sseo-yo.

字體歪七扭八的。

● 글씨가 흐립니다 .

geul-ssi-kka heu-rim-ni-da.

字體模糊、不清楚。

● 끝이 잘렸어요.

kkeu-chi jal-lyeo-sseo-yo.

沒有後半部的文字。

後面部分被切斷了。

CHAPTER 3
商業電話用語

電話能讓我們與遠方的朋友可以即時的溝通、聯絡,同樣地,在商場上電話聯絡談生意也佔了很大的成分,只要我們能熟悉掌握商業電話用語,恰當地表現以及回應,必定可以幫助我們順利談好生意內容、合約等等事宜。我們在這一章,除了與基本商業電話用語,談成所需目的之外,也將學習如何有效率地結束商業上的會話而不失禮。

CHAPTER 3
商業電話用語

會話 1：
商業電話對話

廠商與金先生在電話對談，
催收行銷活動的資料。

 15

가 : 여보세요, 김 선생님. 귀사의 판촉에 관한 자료가 필요합니다. 지금 보내 주실 수 있습니까?

ga: yeo-bo-se-yo, gim seon-saeng-nim. gwi-sa-ui pan-cho-ge gwan-han ja-ryo-ga pi-ryo-ham-ni-da. ji-geum bo-nae ju-sil su it-sseum-ni-kka?

您好，金先生。我需要貴公司有關於促銷活動的資料，現在您可以（傳真、寄電子郵件）給我嗎？

나 : 아직 제가 작성 중에 있습니다. 작성되는 대로 다시 전화 드리겠습니다.

na: a-jik je-ga jak-sseong jung-e it-sseum-ni-da. jak-sseong-doe-neun dae-ro da-si jeon-hwa deu-ri-get-sseum-ni-da.

我現在還在製作中，一完成就會再打電話通知您。

가 : 좋습니다 . 기다리고 있겠습니다 . 그렇지만 전화를 꼭 해 주실 수 있죠 ?

ga: jo-sseum-ni-da. gi-da-ri-go it-kket-sseum-ni-da. geu-reo-chi-man jeon-hwa-reul kkok hae ju-sil su it-jjyo?

謝謝，我等您。但是，您一定會回電給我吧？

나 : 물론입니다 . 그런데 시간은 좀 걸릴 겁니다 .

na: mul-lo-nim-ni-da. geu-reon-de si-ga-neun jom geol-lil geom-ni-da.

當然了，雖然會花一點時間（在處理整理資料上）。

商業電話用語

가 : 알겠습니다 . 전화 없으시면 제가 다시 걸겠습니다 .

ga: al-kket-sseum-ni-da. jeon-hwa eop-sseu-si-myeon je-ga da-si geol-get-sseum-ni-da.

好的，如果我沒接到您的來電，我會再打給您的。

超實用句子現學現賣

1　基本商業電話用語　((●)) 16

● 가 : 무엇을 도와 드릴까요 ?

ga: mu-eo-seul tto-wa deu-ril-kka-yo?

您好，我可以幫您什麼呢？

나 : 내선 512(오백십이) 번 부탁합니다 .

na: nae-seon 512(o-baek-ssi-bi)beon bu-ta-kam-ni-da.

請幫我轉接分機 512。

● 안녕하십니까. 박은비입니다. 비키와 통화할 수 있나요?
an-nyeong-ha-sim-ni-kka. ba-geun-bi-im-ni-da. bi-ki-wa tong-hwa-hal
ssu in-na-yo?
您好，我是朴恩飛，我可以跟維琪通話嗎？

● 실례합니다만 방금 전화했던 사람입니다.
sil-lye-ham-ni-da-man bang-geum jeon-hwa-haet-tteon sa-ra-mim-ni-da.
不好意思，我是剛剛打電話過去的人。

● 이렇게 밤에 전화를 드려 죄송합니다.
i-reo-ke ba-me jeon-hwa-reul tteu-ryeo joe-song-ham-ni-da.
這麼晚（夜深）打電話打擾您真不好意思。

● 귀찮게 해서 미안합니다. 스미스 씨는 아직 안 들어오셨습니까?
gwi-chan-ke hae-seo mi-an-ham-ni-da. seu-mi-seu-ssi-neun a-jik an
deu-reo-o-syeot-sseum-ni-kka?
（又打電話來）叨擾您真不好意思，史密斯先生還沒有進來嗎？

● 기다린 지 15(십오) 분이나 되었습니다.
gi-da-rin ji 15(si-bo)bu-ni-na doe-eot-sseum-ni-da.
我已經等了 15 分鐘了。

● 어제 저와 통화를 하셨던 분입니까?
eo-je jeo-wa tong-hwa-reul ha-syeot-tteon bu-nim-ni-kka?
您是昨天跟我通電話的那個人嗎？

● 전화를 걸어 보았는데 전화를 받지 않더군요.

jeon-hwa-reul kkeo-reo bo-an-neun-de jeon-hwa-reul ppat-jji an-teo-gu-nyo.

電話打是打了，但是沒人接。

● 전화하려고 몇 차례 시도를 해 봤지만 계속 통화 중이더군요.

jeon-hwa-ha-ryeo-go myeot cha-rye si-do-reul hae bwat-jji-man gye-sok tong-hwa jung-i-deo-gu-nyo.

我試圖打了很多次電話要跟您聯絡，但是您的電話持續忙線中。

商業電話用語

● 실례지만 누구십니까?

sil-lye-ji-man nu-gu-sim-ni-kka?

不好意思，請問您是哪位？

● 당신 전화를 기다리던 중이었어요.

dang-sin jeon-hwa-reul kki-da-ri-deon jung-i-eo-sseo-yo.

我正在等您的來電。

● 저도 전화를 드리려는 참이었습니다.

jeo-do jeon-hwa-reul tteu-ri-ryeo-neun cha mi-eot-sseum-ni-da.

我也正想要打電話給您呢。

● 요즘은 서로 연락을 못했군요, 그래서 전화를 드리려고 생각했었습니다.

yo-jeu-meun seo-ro yeol-la-geul mo-taet-kku-nyo, geu-rae-seo jeon-hwa-reul tteu-ri-ryeo-go saeng-ga-kae-sseot-sseum-ni-da.

因為最近都沒有聯絡，所以我才想到要打通電話（問候、聯絡您）。

● 어느 진 씨를 바꿔 드릴까요?

eo-neu jin ssi-reul ppa-kkwo deu-ril-kka-yo?

要幫您轉接給哪一位陳先生呢?

● 여기에는 왕 선생님이 두 분 계십니다.

yeo-gi-e-neun wang seon-saeng-ni-mi du bun gye-sim-ni-da.

在(辦公室、公司)裡面有兩位王先生。

● 부장님을 바꿔 드리겠습니다.

bu-jang-ni-meul ppa-kkwo deu-ri-get-sseum-ni-da.

我把電話轉接給部長。

我請部長跟您通話。

● 성함이 어떻게 되시죠?

seong-ha-mi eo-tteo-ke doe-si-jyo?

您尊姓大名?

怎麼稱呼您呢?

● 누구라고 말씀 드릴까요?

nu-gu-ra-go mal-sseum deu-ril-kka-yo?

我應該説是誰打電話過來的呢?

我沒聽清楚您的名字,可否再説一遍?

● 전화 받으세요.

jeon-hwa ba-deu-se-yo.

您有電話、來電。

請接電話。

● 잠깐만 기다려 주십시오 .

jam-kkan-man gi-da-ryeo ju-sip-ssi-o.

請您稍微等一下。

● 전화를 끊지 말고 기다려 주십시오 .

jeon-hwa-reul kkeun-chi mal-kko gi-da-ryeo ju-sip-ssi-o.

請您不要掛斷電話，稍待一下。

2 **詢問來電目的、重點問法** ((●)) **17**

● 무슨 일입니까 ?

mu-seun i-rim-ni-kka?

您有什麼事情呢 ?

● 무엇을 도와 드릴까요 ?

mu-eo-seul tto-wa deu-ril-kka-yo?

我可以幫您什麼呢 ?

● 무엇 때문에 전화를 했지요 ?

mu-eot ttae-mu-ne jeon-hwa-reul haet-jji-yo?

您來電的目的是 ?

● 용건이 뭔지 여쭤어 봐도 되겠습니까 ?

yong-geo-ni mwon-ji yeo-jju-eo bwa-do doe-get-sseum-ni-kka?

我可以請問一下您的來電重點、目的是 ?

● 어디서 전화를 건다고 하셨죠?

eo-di-seo jeon-hwa-reul kkeon-da-go ha-syeot-jjyo?

請問是哪裡、哪位來電？

● 어느 분과 이야기를 해야 됩니까?

eo-neu bun-gwa i-ya-gi-reul hae-ya doem-ni-kka?

您要跟哪一位（職員）通話呢？

● 어느 분을 찾아야 하지요?

eo-neu bu-neul cha-ja-ya ha-ji-yo?

您要找哪位呢？

● 누가 이 문제를 도와줄 수 있지요?

nu-ga i mun-je-reul tto-wa-jul su it-jji-yo?

誰可以幫我（解決）這個問題呢？

● 지난 번 저와 통화를 하셨던 분이 아닙니까?

ji-nan beon jeo-wa tong-hwa-reul ha-syeot-tteon bu-ni a-nim-ni-kka?

您是上次跟我通電話的那位先生（小姐）嗎？

● 저는 담당자가 아닙니다.

jeo-neun dam-dang-ja-ga a-nim-ni-da.

我不是（此計畫的）負責人。

● 의문 나는 게 있으면 언제든지 전화하세요.

ui-mun na-neun ge i-sseu-myeon eon-je-deun-ji jeon-hwa-ha-se-yo.

如果（對產品、電話提到的內容）還有疑問，歡迎您隨時來電。

● 너무 많은 시간을 빼앗아서 죄송합니다 .

neo-mu ma-neun si-ga-neul ppae-a-sa-seo joe-song-ham-ni-da.

我花了您太多時間了，真對不起。

● 그 일이 얼마나 진척이 되었습니까 ?

geu i-ri eol-ma-na jin-cheo-gi doe-eot-sseum-ni-kka?

那件事情進展如何了 ?

● 언제쯤 생각하고 있습니까 ?

eon-je-jjeum saeng-ga-ka-go it-sseum-ni-kka?

您需要考慮多久時間 ?

商業電話用語

● 지금 그 일이 얼마나 진척이 되었나 궁금해서 전화를 드렸습니다 .

ji-geum geu i-ri eol-ma-na jin-cheo-gi doe-eon-na gung-geum-hae-seo

jeon-hwa-reul tteu-ryeot-sseum-ni-da.

我想知道現在那件事情的發展進度到哪裡了，所以打電話過來聯絡
一下。

● 간단히 말씀해 주세요 .

gan-dan-hi mal-sseum-hae ju-se-yo.

請您簡單的説。

請您講重點。

● 용건만 간단히 말할게요 .

yong-geon-man gan-dan-hi mal-hal-kke-yo.

我簡短地説（來電的）重點吧。

● 1(일)분만 더 얘기할게요.

1(il)bun-man deo yae-gi-hal-kke-yo.

讓我再跟您多講一分鐘。

再給我一分鐘就好了。

● 모든 것이 결정되면 전화를 드리겠습니다.

mo-deun geo-si gyeol-jeong-doe-myeon jeon-hwa-reul tteu-ri-get-sseum-ni-da.

如果所有事情都決定好的話,我會打電話聯繫您的。

● 일정이 확정되면 알려 드리겠습니다.

il-jeong-i hwak-jjeong-doe-myeon al-lyeo deu-ri-get-sseum-ni-da.

日程確定好的話,我會聯絡您的。

● 전화상으로 처리하시죠.

jeon-hwa-sang-eu-ro cheo-ri-ha-si-jyo.

我們在電話上就可以處理(此事情)的。

● 복잡한 내용이라 전화로 설명하기가 어렵습니다.

bok-jja-pan nae-yong-i-ra jeon-hwa-ro seol-myeong-ha-gi-ga eo-ryeop-sseum-ni-da.

因為事情(內容)有點複雜,用電話來説明,有點困難。

● 통보가 너무 늦었습니다.

tong-bo-ga neo-mu neu-jeot-sseum-ni-da.

對不起,我通知得太晚了。

● 너무 갑작스런 통보인 줄은 알지만 ~~

neo-mu gap-jjak-sseu-reon tong-bo-in ju-reun al-jji-man~~

我知道這是很緊急的通知，但是……

● 요점만 이야기하고 자세한 것은 나중으로 미루세요.

yo-jeom-man i-ya-gi-ha-go ja-se-han geo-seun na-jung-eu-ro mi-ru-se-yo.

請您先講重點，詳細的內容我們以後再來處理、詳談。

商業電話用語

● 2(이)~3(삼) 분이면 되겠어요?

2(i)~3(sam) bu-ni-myeon doe-ge-sseo-yo?

花個兩、三分鐘左右可以吧？

● 직접 오셔서 그 문제를 상의하셔야 합니다.

jik-jjeop o-syeo-seo geu mun-je-reul ssang-ui-ha-syeo-ya ham-ni-da.

您必須直接過來商量那個問題。

3 商業電話的種種情況 ((●)) 18

● 가 : 좋은 오후입니다. KT 의 비키 리입니다. 무엇을 도와 드릴까요?

ga: jo-eun o-hu-im-ni-da. KTui bi-ki ri-im-ni-da. mu-eo-seul tto-wa deu-ril-kka-yo?

午安，這裡是 KT（公司）的李維琪，有什麼可以幫您的嗎？

나 : 안녕하세요 . NY 의 폴 김입니다 . 피터 문과 통화할 수 있을까요 ?

na: an-nyeong-ha-se-yo. NYui pum ki-mim-ni-da. pi-teo mun-gwa tong-hwa-hal ssu i-sseul-kka-yo?

您好，我是 NY 公司的金保羅，我可以和文彼得通話嗎 ?

● 가 : 786(칠팔육) 국의 0822(공팔이이) 번입니까 ?

ga: 786(chil-pa-ryuk)gu-gui 0822(gong-pa-ri-i)beo-nim-ni-kka?

請問是 786-0822 嗎 ?

나 : 네 , 그렇습니다 .

na: ne, geu-reo-sseum-ni-da.

是的 。

● 가 : 786(칠팔육) 국의 0819(공팔일구) 번입니까 ?

ga: 786(chil-pa-ryuk)gu-gui 0819(gong-pa-ril-gu)beo-nim-ni-kka?

請問是 786-0819 嗎 ?

나 : 아닙니다 . 전화 잘못 거셨어요 .

na: a-nim-ni-da. jeon-hwa jal-mot geo-syeo-sseo-yo.

不是的，您打錯電話了 。

● 가 : 내선 204(이백사) 번 연결 부탁합니다 .

ga: nae-seon 204(i-baek-ssa)beon yeon-gyeol bu-ta-kam-ni-da.

麻煩您幫我轉接分機 204 。

나 : 기다리세요 . 연결해 드리겠습니다 .

na: gi-da-ri-se-yo. yeon-gyeol-hae deu-ri-get-sseum-ni-da.

請等一下，馬上幫您轉接。

● 가 : 데이비드 진 씨 입니까 ?

ga: de-i-bi-deu jin ssi im-ni-kka?

請問是陳大衛嗎？

나 : 네 , 그렇습니다 .

na: ne, geu-reo-sseum-ni-da.

是的。

商業電話用語

● 가 : 제인 리 양과 통화할 수 있을까요 ?

ga: je-in ri yang-gwa tong-hwa-hal ssu i-sseul-kka-yo?

我可以跟李珍妮通話嗎？

나 : 지금 그녀는 통화가 가능하지 않습니다 . 메모를 남겨드릴까요 ?

na: ji-geum geu-nyeo-neun tong-hwa-ga ga-neung-ha-ji an-sseum-ni-da.

me-mo-reul nam-gyeo-deu-ril-kka-yo?

她現在不能講電話，要幫您留訊息嗎？

● 가 : 비키 김 양과 통화할 수 있어요 ?

ga: bi-ki gim yang-gwa tong-hwa-hal ssu i-sseo-yo?

我可以和金維琪通話嗎？

나 : 죄송합니다 . 전화 잘못 거셨어요 .

na: joe-song-ham-ni-da. jeon-hwa jal-mot geo-sseo-eo-yo.

對不起，你打錯電話囉。

가 : 브라운 씨와 통화할 수 있어요 ?

ga: beu-ra-un ssi-wa tong-hwa-hal ssu i-sseo-yo?

我可以和伯朗先生通話嗎？

나 : 잠깐만 기다려 주세요 . 그는 지금 통화 중입니다 .

na: jam-kkan-man gi-da-ryeo ju-se-yo. geu-neun ji-geum tong-hwa jung-im-ni-da.

請稍待一下，他現在講電話中。

가 : 폴 김 씨와 통화 부탁합니다 .

ga: pol gim ssi-wa tong-hwa bu-ta-kam-ni-da.

請幫我轉接給金保羅。

나 : 죄송합니다 . 지금 외부에 계십니다 .

na: joe-song-ham-ni-da. ji-geum oe-bu-e gye-sim-ni-da.

不好意思，他現在不在公司喔。

가 : 제임스 씨와 통화하고 싶습니다 .

ga: je-im-seu ssi-wa tong-hwa-ha-go sip-sseum-ni-da.

我想跟詹姆斯通話。

나 : 점심 식사하러 나가셨습니다 .

na: jeom-sim-sik-ssa-ha-reo na-ga-syeot-sseum-ni-da.

他出去外面吃中餐了。

● 가 : 피터 오 씨와 통화할 수 있어요 ?

ga: pi-teo o ssi-wa tong-hwa-hal ssu i-sseo-yo?

我可以和吳彼得通話嗎？

商業電話用語

나 : 죄송합니다 . 퇴근하셨습니다 .

na: joe-song-ham-ni-da. toe-geun-ha-syeot-sseum-ni-da.

不好意思，他已經下班了。

● 가 : 잭 이 씨와 통화하고 싶습니다 .

ga: jaek i ssi-wa tong-hwa-ha-go sip-sseum-ni-da.

我想和李杰克通話。

나 : 죄송합니다 . 그런 분 안 계십니다 .

na: joe-song-ham-ni-da. geu-reon bun an-gye-sim-ni-da.

不好意思，這裡沒有這個人。

● 지금 안 계시는데요 .

ji-geum an gye-si-neun-de-yo.

他現在不在（位子上）。

● 방금 퇴근하셨습니다 .

bang-geum toe-geun-ha-syeot-sseum-ni-da.

他剛剛下班了。

● 방금 점심 식사하러 나갔습니다 .

bang-geum jeom-sim sik-ssa-ha-reo na-gat-sseum-ni-da.

他剛剛出去吃中餐（離開公司）了。

● 그 분은 이제 여기를 그만두셨습니다 .

geu bu-neun i-je yeo-gi-reul kkeu-man-du-syeot-sseum-ni-da.

他已經沒有在這裡工作、任職了。

● 5(오) 분 후에 다시 전화해 주실 수 있습니까 ?

5(o)bun hu-e da-si jeon-hwa-hae ju-sil su it-sseum-ni-kka?

您可以五分鐘之後再打電話過來嗎？

● 그는 지금 다른 전화를 받고 계십니다 .

geu-neun ji-geum da-reun jeon-hwa-reul ppat-kko gye-sim-ni-da.

他現在正在接聽其他電話（忙線中）。

● 가 : 언제쯤 들어오실까요 ?

ga: eon-je-jjeum deu-reo-o-sil-kka-yo?

他什麼時候會回來（公司、位子上）呢？

※ 更多有關於「間接引用句型」的文法，請參閱敝人另外一本拙作《簡單快樂韓國語 2》
（統一出版社）

나 : 아마 2(두) 시까지는 들어오실 겁니다 .

na: a-ma 2(du)si-kka-ji-neun deu-reo-o-sil geom-ni-da.

大概到兩點回來。

● 삐 하는 소리가 난 후 메시지를 남겨 주십시오 .

ppi ha-neun so-ri-ga nan hu me-si-ji-reul nam-gyeo ju-sip-ssi-o.

請聽到「嗶」的聲音之後，留下您的留言。

● 뭐라고 전해 드릴까요 ?

mwo-ra-go jeon-hae deu-ril-kka-yo?

我要幫您留什麼訊息給他呢 ?

商業電話用語

● 전화 드리라고 할까요 ?

jeon-hwa deu-ri-ra-go hal-kka-yo?

您希望他回來之後回電給您嗎 ?

● 들어오시는 대로 전화를 드리라고 할까요 ?

deu-reo-o-si-neun dae-ro jeon-hwa-reul tteu-ri-ra-go hal-kka-yo?

您希望他回來之後，馬上打電話給您嗎 ?

● 혹시 그 사람한테서 전화가 오면 , 저 좀 바꿔 주시겠어요 ?

hok-ssi geu sa-ram-han-te-seo jeon-hwa-ga o-myeon, jeo jom ba-kkwo-ju-si-ge-sseo-yo?

萬一那個人打電話來的話，可以讓我跟他講一下電話嗎 ?

● 882-0063 (팔팔이 국의 영영육삼) 으로 연락하시면 됩니다 .

882-0063 (pal-pa-ri gu-gui yeong-yeong-yuk-ssam)eu-ro yeol-la-ka-si-myeon doem-ni-da.

請撥 882-0063 這號碼跟我聯絡。

● 당신이 나가 있는 동안에 데이비드라는 사람한테서 전화가 왔었습니다 .

dang-si-ni na-ga in-neun dong-a-ne de-i-bi-deu-ra-neun sa-ram-han-te-seo jeon-hwa-ga wa-sseot-sseum-ni-da.

您出去（不在）的時候，有一個叫大衛的打電話給您。

● 안 계시는 동안 김 선생님으로부터 전화가 왔었는데 , 기다릴 테니까 전화 좀 해 달라고 하시던데요 .

an gye-si-neun dong-an gim seon-saeng-ni-meu-ro-bu-teo jeon-hwa-ga wa-sseon-neun-de, gi-da-ril te-ni-kka jeon-hwa jom hae dal-la-go ha-si-deon-de-yo.

您不在的時候，有一個金先生打電話給您，他說他會等您的回電。

● 전화가 잘 들리지 않습니다 .

jeon-hwa-ga jal tteul-li-ji an-sseum-ni-da.

我聽不到（電話裡）您的聲音。

● 제 전화기가 제대로 작동하지 않아요 .

je jeon-hwa-gi-ga je-dae-ro jak-ttong-ha-ji a-na-yo.

我的電話好像故障了、無法使用。

● 이 전화는 불통이다 .

i jeon-hwa-neun bul-tong-i-da.

電話打不通。

● 지지직하는 소리만 나는군요 .

ji-ji-ji-ka-neun so-ri-man na-neun-gu-nyo.

我只聽到電話裡面的雜音。

● 다른 사람이 통화하는 것도 들리는군요 .

da-reun sa-ra-mi tong-hwa-ha-neun geot-tto deul-li-neun-gu-nyo.

我聽到其他人在通話。

商業電話用語

● 좀 더 크게 말씀해 주시겠어요 ?

jom deo keu-ge mal-sseum-hae ju-si-ge-sseo-yo?

您可以（在電話裡）講大聲點、提高音量嗎？

● 전화번호가 잘못되었습니다 . 몇 번에 거셨습니까 ?

jeon-hwa-beon-ho-ga jal-mot-ttoe-eot-sseum-ni-da. myeot beo-ne geo-syeot-sseum-ni-kka?

您打錯電話了，您撥幾號呢？

● 이 전화 수화기가 제대로 놓여 있지 않았습니다 .

i jeon-hwa su-hwa-gi-ga je-dae-ro no-yeo it-jji a-nat-sseum-ni-da.

這電話的話筒沒有放好。

● 그 번호는 더 이상 상용되지 않는 전화번호입니다 .

geu beon-ho-neun deo i-sang sang-yong-doe-ji an-neun jeon-hwa-beon-ho-im-ni-da.

那（電話號碼）是空號。

● 이 전화는 도청되고 있어요 .

i jeon-hwa-neun do-cheong-doe-go i-sseo-yo.

這電話遭到竊聽。

4 結束商業電話收尾的用語 ((●)) 19

● 가 : 어떻게 연락할 수 있을까요 ?

ga: eo-tteo-ke yeol-la-kal ssu i-sseul-kka-yo?

要怎麼樣才能聯絡到您呢？

● 나 : 핸드폰 번호 010-3999-0124(공일공 삼구구구 (의) 공일이사)로 저에게 연락하실 수 있어요 .

na: haen-deu-pon beon-ho 010-3999-0124(gong-il-gong sam-gu-gu-gu (ui) gong-i-ri-sa)ro jeo-e-ge yeol-la-ka-sil su i-sseo-yo.

我的手機號碼是 010-3999-0124，這樣就可以聯絡到我了。

● 혹시 모르니까 전화번호를 가르쳐 주시겠습니까 ?

hok-ssi mo-reu-ni-kka jeon-hwa-beon-ho-reul kka-reu-cheo ju-si-get-sseum-ni-kka?

您方便留給我電話號碼嗎？

● 만약을 위해서 전화번호를 알려 주시겠습니까?

ma-nya-geul wi-hae-seo jeon-hwa-beon-ho-reul al-lyeo ju-si-get-sseum-ni-kka?

以防萬一，您可以給我您的電話號碼嗎？

● 가 : 아침에 바로 전화드릴게요.

ga: a-chi-me ba-ro jeon-hwa-deu-ril-ge-yo.

我（明天）早上馬上打電話給您。

商業電話用語

나 : 고맙습니다.

na: go-map-sseum-ni-da.

謝謝您。

● 가 : 언제라도 전화주세요.

ga: eon-je-ra-do jeon-hwa-ju-se-yo.

隨時歡迎您打電話跟我聯繫。

나 : 알겠어요. 그럴게요.

na: al-kke-sseo-yo. geu-reol-ge-yo.

我知道了，我會這麼做的。

● 가 : 왜 오늘 아침에 그분께 전화하지 않았어요?

ga: wae o-neul a-chi-me geu-bun-kke jeon-hwa-ha-ji a-na-sseo-yo?

為什麼今天早上沒有打電話給他呢？

나 : 통화할 수 없었어요 . 통화 중이었어요 .

na: tong-hwa-hal ssu eop-sseo-sseo-yo. tong-hwa jung-i-eo-sseo-yo.

沒辦法通話，都在忙線中。

가 : 들려요 ?

ga: deul-lyeo-yo?

有聽到（我的聲音）嗎？

나 : 아니요 . 전화 연결상태가 안 좋은 것 같습니다 .

na: a-ni-yo. jeon-hwa yeon-gyeol-sang-tae-ga an jo-eun geot gat-sseum-ni-da.

沒有，電話的收訊狀態好像不是很好的樣子。

가 : 좀 크게 말씀해 주실 수 있어요 ?

ga: jom keu-ge mal-sseum-hae ju-sil su i-sseo-yo?

可以請大聲一點嗎？

나 : 네 .

na: ne.

好的！

가 : 천천히 좀 말씀해 주시겠습니까 ?

ga: cheon-cheon-hi jom mal-sseum-hae ju-si-get-sseum-ni-kka?

可以請您說慢一點嗎？

나 : 네 , 그러겠습니다 .

na: ne, geu-reo-get-sseum-ni-da.

好的（，我説慢一點）！

가 : LT 회사에 폴 정에게 전화를 해야겠어요 . 그분 전화번호를 가지고 있어요 ?

ga: LThoe-sa-e pul jeong-e-ge jeon-hwa-reul hae-ya-ge-sseo-yo. geu-bun jeon-hwa-beon-ho-reul kka-ji-go i-sseo-yo?

我要打個電話給 LT 公司的鄭保羅，你有他的電話嗎 ?

商業電話用語

나 : 네 , 여기 있습니다 .

na: ne, yeo-gi it-sseum-ni-da.

有的，在這裡。

가 : 그분의 전화번호 좀 찾아보세요 .

ga: geu-bu-nui jeon-hwa-beon-ho jom cha-ja-bo-se-yo.

幫我查詢一下他的電話。

나 : 네 , 그럴게요 .

na: ne, geu-reol-ge-yo.

好的。

가 : 젭 문 씨와 만날 약속을 정하고 싶습니다 .

ga: jep mun ssi-wa man-nal yak-sso-geul jjeong-ha-go sip-sseum-ni-da.

我想和文傑夫約定好見面的時間。

나 : 잠깐만 기다려 주세요. 그분의 일정을 확인해 보겠습니다.

na: jam-kkan-man gi-da-ryeo ju-se-yo. geu-bu-nui il-jeong-eul hwa-gin-hae bo-get-sseum-ni-da.

請稍待一下，讓我幫您確定一下傑夫的行程表。

● 가 : 전화줘서 고마워요. 좋은 하루 보내세요.

ga: jeon-hwa-jwo-seo go-ma-wo-yo. jo-eun ha-ru bo-nae-se-yo.

謝謝您打電話給我，祝您有愉快的一天。

나 : 감사합니다. 당신도요.

na: gam-sa-ham-ni-da. dang-sin-do-yo.

謝謝您，您也是喔。

● 이만 전화 끊겠습니다.

i-man jeon-hwa kkeun-ket-sseum-ni-da.

那麼我先掛電話了。

● 다른 전화가 와서 이만 끊어야겠습니다.

da-reun jeon-hwa-ga wa-seo i-man kkeu-neo-ya-get-sseum-ni-da.

有其他來電，我先掛掉電話了。

● 바쁜 것 같으니까 이만 끊겠습니다.

ba-ppeun geot ga-teu-ni-kka i-man kkeun-ket-sseum-ni-da.

您好像很忙，那我先結束通話了。

● 지금은 전화 받기가 곤란합니다.

ji-geu-meun jeon-hwa bat-kki-ga gol-lan-ham-ni-da.

現在我不方便接電話。

● 통화를 너무 오래 한 것 같군요.

tong-hwa-reul neo-mu o-rae han geot gat-kku-nyo.

我們好像通話太久了。

● 지금은 통화할 시간이 없습니다.

ji-geu-meun tong-hwa-hal ssi-ga-ni eop-sseum-ni-da.

現在沒有時間通電話。

商業電話用語

● 또 다른 전화가 왔군요.

tto da-reun jeon-hwa-ga wat-kku-nyo.

又有其他電話進來了。

● 다시 전화 드리겠습니다.

da-si jeon-hwa deu-ri-get-sseum-ni-da.

我再打電話跟您聯繫。

● 4(네)시 경에 다시 걸겠습니다.

4(ne)si-gyeong-e da-si geol-get-sseum-ni-da.

我四點左右會再打電話給您。

● 제가 나중에 전화를 하면 안 될까요 ?

je-ga na-jung-e jeon-hwa-reul ha-myeon an doel-kka-yo?

我可以下次再打電話給您嗎 ?

● 그것에 대해 생각 좀 해 본 후에 다시 연락 드리겠습니다 .

geu-geo-se dae-hae saeng-gak jom hae bon hu-e da-si yeol-lak deu-ri-get-sseum-ni-da.

我想一下這件事情後，再（打電話）跟您聯繫。

● 편한 시간에 전화를 드릴까요 ?

pyeon-han si-ga-ne jeon-hwa-reul tteu-ril-kka-yo?

我可以在您方便的時間打電話給您嗎 ?

● 내일 아침에 다시 전화를 드릴까요 ?

nae-il a-chi-me da-si jeon-hwa-reul tteu-ril-kka-yo?

明天早上我再打（電話）給您可以嗎 ?

● 며칠 후에 다시 전화 드리겠습니다 .

myeo-chil hu-e da-si jeon-hwa deu-ri-get-sseum-ni-da.

過幾天我再打電話給您。

● 무슨 일이 있으면 언제든지 전화해 주세요 .

mu-seun i-ri i-sseu-myeon eon-je-deun-ji jeon-hwa-hae ju-se-yo.

有任何問題，隨時打電話給我。

會話 2：
詢問同事關於傳真狀況

金先生請助理檢查文件後傳
真過去國外。

((●)) 20

가 : 이봐 , 비키 . 그 서류 빌에게 이미 팩스로 보냈어 ?
ga: i-bwa, bi-ki. geu seo-ryu bi-re-ge i-mi paek-sseu-ro bo-nae-sseo?
那個維琪，妳把文件傳真給比爾了嗎？

나 : 자네가 나에게 조금 전에 준 서류 ?
na: ja-ne-ga na-e-ge jo-geum jeo-ne jun seo-ryu?
之前你給我的那個文件嗎？

가 : 응 .
ga: eung.
嗯。

나 : 아직 안 보냈는데 . 지금 보낼까 ?

na: a-jik an bo-naen-neun-de. ji-geum bo-nael-kka?

我還沒傳真過去耶，現在傳嗎？

가 : 아니 . 자네가 그것들을 보내기 전에 내가 다시 한 번 계산을 확인해 보는 게 낫겠어 .

ga: a-ni. ja-ne-ga geu-geot-tteu-reul ppo-nae-gi jeo-ne nae-ga da-si han beon gye-sa-neul hwa-gin-hae bo-neun ge nat-kke-sseo.

不，在妳傳之前，最好是我再一次把金額確認好再傳會比較好。

나 : 계산이 틀리니 ?

na: gye-sa-ni teul-li-ni?

算錯金額了嗎？

가 : 아니 , 단지 모든 게 정확한 지 분명히 해두고 싶어서 .

ga: a-ni, dan-ji mo-deun ge jeong-hwa-kan ji bun-myeong-hi hae-du-go si-peo-seo.

沒有，我只不過想再確定一下一切是否正確而已。

나 : 그렇다면 , 내가 계산을 확인해 보는 게 어떨까 ?

na: geu-reo-ta-myeon, nae-ga gye-sa-neul hwa-gin-hae bo-neun ge eo-tteol-kka?

那麼，我來幫你確定金額怎麼樣呢？

가 : 그렇게 해줄 수 있겠어?
ga: geu-reo-ke hae-jul su it-kke-sseo?
你做得來嗎?

나 : 그럼.
na: geu-reom.
當然。

가 : 고마워.
ga: go-ma-wo.
謝謝喔。

商業電話用語

나 : 천만에.
na: cheon-ma-ne.
哪裡、不客氣。

CHAPTER 4
商務談判以
及簽訂契約

在這一章節我們進入了生意來往最重要的部分，也就是介紹自
己的公司、產品給外商客人知道，除此之外，我們也將學習如
何與客戶簽訂合約、訂購他方商品以及當物品有所損害時，我
們要如何要求賠償事宜等等，這些對話幾乎一定會出現在我們
商場會談上，所以請一定要把握這些重要的關鍵對話。

CHAPTER 4
商務談判以及簽訂契約

金先生接到電話，有客戶想要訂購 LCD 顯示器（電腦液晶螢幕）。

((●)) 21

가 : LCD 모니터를 주문하고 싶습니다.
ga: LCD mo-ni-teo-reul jju-mun-ha-go sip-sseum-ni-da.
我想訂購 LCD 顯示器。

나 : 알겠습니다. 어떤 시리얼 넘버로 주문하시겠습니까?
na: al-kket-sseum-ni-da. eo-tteon si-ri-eol neom-beo-ro ju-mun-ha-si-get-sseum-ni-kka?
好的，您要訂購哪一個序號的產品呢？

가 : K-0819(공팔일구) 입니다. 재고가 있습니까?
ga: K-0819(gong-pa-ril-gu)im-ni-da. jae-go-ga it-sseum-ni-kka?
K-0819 編號的，還有庫存嗎？

나 : 재고는 충분합니다. 얼마를 원하십니까?
na: jae-go-neun chung-bun-ham-ni-da. eol-ma-reul won-ha-sim-ni-kka?
這編號有足夠的庫存量，您要訂購多少個？

가 : 3000(삼천) 개가 필요합니다 . 그것들이 당장 필요합니다 .

ga: 3000(sam-cheon)gae-ga pi-ryo-ham-ni-da. geu-geot-tteu-ri dang-jang

pi-ryo-ham-ni-da.

需要 3000 個左右，而且我急著要。

나 : 가능한 빨리 선적을 하겠습니다 .

na: ga-neung-han ppal-li seon-jeo-geul ha-get-sseum-ni-da.

我會盡快用船運寄送給您的。

超實用句子現學現賣

1 介紹自己公司資訊給客戶知道 22

● 우리 회사는 1993(천구백구십삼) 년 설립되었습니다 .

u-ri hoe-sa-neun 1993(cheon-gu-baek-kku-sip-ssam)nyeon seol-lip-ttoe-

eot-sseum-ni-da.

我們公司是在 1993 年成立的。

● 우리 회사는 약 30(삼십) 년 전에 설립되었습니다 .

u-ri hoe-sa-neun yak 30(sam-sip)nyeon jeo-ne seol-lip-ttoe-eot-

sseum-ni-da.

我們公司大約成立有 30 年了。

● 우리 회사는 2(이) 년 전에 법인 회사가 되었습니다 .

u-ri hoe-sa-neun 2(i)nyeon jeo-ne beo-bin hoe-sa-ga doe-eot-sseum-ni-da.

我們公司在兩年前成為法人化公司。

公事包韓語
Business Korean

● 이 회사는 처음에 AT&M 회사와 합작회사로 출발하였습니다.

i hoe-sa-neun cheo-eu-me AT&M hoe-sa-wa hap-jja-koe-sa-ro chul-bal-
ha-yeot-sseum-ni-da.

這公司剛開始是與 AT&M 公司互相合作出發的。

● 가 : 댁의 회사는 AT&M 회사와는 어떤 관계입니까?

ga: dae-gui hoe-sa-neun AT&M hoe-sa-wa-neun eo-tteon gwan-gye-
im-ni-kka?

貴公司和 AT&M 公司是什麼關係?

나 : 저희는 작년에 AT&M 회사를 인수하였습니다.

na: jeo-hi-neun jang-nyeo-ne AT&M hoe-sa-reul in-su-ha-yeot-sseum-
ni-da.

我們去年已經接手、合併 AT&M 公司了。

● 우리는 현재 남미의 많은 국가들과 여러 개의 합작사업을 진행 중
에 있습니다.

u-ri-neun hyeon-jae nam-mi-ui ma-neun guk-kka-deul-kkwa yeo-reo gae-
ui hap-jjak-ssa-eo-beul jjin-haeng jung-e it-sseum-ni-da.

我們現在正在和南美洲許多國家以及其他各國進行合作。

● 가 : 귀사의 종업원은 몇 명입니까?

ga: gwi-sa-ui jong-eo-bwo-neun myeot myeong-im-ni-kka?

貴公司的員工總共有幾位?

나 : 정규직원은 약 200 명 정도이고 , 필요하면 임시직원을 채
용합니다 .

na: jeong-gyu-ji-gwo-neun yak 200myeong jeong-do-i-go, pi-ryo-ha-
myeon im-si-ji-gwo-neul chae-yong-ham-ni-da.

正職的人員約有兩百位左右，若有需要，我們也會聘請臨時員工
進行作業。

● 우리는 2(이) 만 명의 직원과 전 세계 10(열) 개의 자회사를
가지고 있는 다국적 기업입니다 .

u-ri-neun 2(i)man myeong-ui ji-gwon-gwa jeon se-gye 10(yeol)gae-
ui ja-hoe-sa-reul kka-ji-go in-neun da-guk-jjeok gi-eom-ni-da.

我們大約有兩萬名員工，在全世界，約有十間分公司的跨國性企
業。

商務談判以
及簽訂契約

● 가 : 주요 사업 분야는 무엇입니까 ?

ga: ju-yo sa-eop bu-nya-neun mu-eo-sim-ni-kka?

您們主要的產業經營範圍是什麼？

나 : 우리는 LCD 모니터를 전문으로 취급하고 있습니다 .

na: u-ri-neun LCD mo-ni-teo-reul jjeon-mu-neu-ro chwi-geu-pa-go
it-sseum-ni-da.

我們的專業是處理 LCD 顯示器。

● 우리 회사는 전자 부품 수출업을 하고 있습니다 .

u-ri hoe-sa-neun jeon-ja bu-pum su-chu-reo-beul ha-go it-sseum-ni-da.

我們公司主要是做電子零件輸出業。

● 우리는 자동차 용품을 거래하고 있습니다.

u-ri-neun ja-dong-cha yong-pu-meul kkeo-rae-ha-go it-sseum-ni-da.

我們主要是在做汽車用品、零件生意。

● 우리 회사는 처음부터 인터넷 관련 사업을 해 오고 있습니다.

u-ri hoe-sa-neun cheo-eum-bu-teo in-teo-net gwal-lyeon sa-eo-beul hae o-go it-sseum-ni-da.

我們公司一開始就是以經營網路事業發展過來的。

● 우리 회사는 Morgan 회사의 미디어 부분에서 독립하였습니다.

u-ri hoe-sa-neun Morgan hoe-sa-ui mi-di-eo bu-bu-ne-seo dong-ni-pa-yeot-sseum-ni-da.

我們公司是從 Morgan 公司（影音）傳播部門底下，獨立出來創業的。

● 귀사의 자본금은 얼마나 됩니까?

gwi-sa-ui ja-bon-geu-meun eol-ma-na-doem-ni-kka?

貴公司的資本額有多少呢？

● 가 : 작년 매출 실적은 얼마입니까?

ga: jang-nyeon mae-chul sil-jeo-geun eol-ma-im-ni-kka?

貴公司去年賣出的實際銷售量有多少？

나 : 우리 회사는 약 2(이) 억 달러의 매출을 가지고 있습니다.

na: u-ri hoe-sa-neun yak 2(i)eok dal-leo-ui mae-chu-reul kka-ji-go it-sseum-ni-da.

我們公司約有兩億美元的銷售量。

● 가 : 평균적인 이익 마진은 얼마입니까?

ga: pyeong-gyun-jeo-gin i-ik ma-ji-neun eol-ma-im-ni-kka?

貴公司平均的中間利潤有多少呢?

나 : 작년 한 해만 20(이십) 만 달러의 순이익을 냈습니다 .

na: jang-nyeon han hae-man 20(i-sip)man dal-leo-ui su-ni-i-geul

naet-sseum-ni-da.

去年一整年，我們公司大約有二十萬美金的淨利。

● 작년에는 매출이 200(이백)% 신장되었습니다 .

jang-nyeo-ne-neun mae-chu-ri 200(i-baek)% sin-jang-doe-eot-

sseum-ni-da.

去年的銷售成長了兩倍以上。

● 가 : 당신의 연간 매상은 어느 정도 입니까?

ga: dang-si-nui yeon-gan mae-sang-eun eo-neu jeong-do im-ni-kka?

您的年銷售總量大約是多少（程度）呢?

나 : 우리 회사는 작년의 연간 수출 규모가 250(이백 오십) 만

불을 넘었습니다 .

na: u-ri hoe-sa-neun jang-nyeo-nui yeon-gan su-chul gyu-mo-ga

250(i-bae-go-sip)man bu-reul neo-meot-sseum-ni-da.

我們公司在去年銷售數字大約超過兩百五十萬美金左右。

● 순이익은 얼마입니까?

su-ni-i-geun eol-ma-im-ni-kka?

淨利有多少呢?

● 귀사의 시장 점유율은 어느 정도입니까?

gwi-sa-ui si-jang jeo-myu-yu-reun eo-neu jeong-do-im-ni-kka?

貴公司的(產品)市場佔有率約有多少呢?

● 가: 귀사는 언제 주식공개를 하였습니까?

ga: gwi-sa-neun eon-je ju-sik-kkong-gae-reul ha-yeot-sseum-ni-kka?

貴公司的股票何時上市呢?

나: 2012년입니다.

na: 2012nyeo-nim-ni-da.

2012年。

● 귀사의 공모주는 얼마입니까?

gwi-sa-ui gong-mo-ju-neun eol-ma-im-ni-kka?

貴公司公開販售的股票有多少呢?

● 귀사는 주식상장하신지 얼마나 되셨습니까?

gwi-sa-neun ju-sik-ssang-jang-ha-sin-ji eol-ma-na doe-syeot-sseum-ni-kka?

貴公司的上市股票有多少呢?

● 우리는 WTO 에 상장된 회사입니다 .

u-ri-neunWTOe sang-jang-doen hoe-sa-im-ni-da.

我們是在 WTO 上市的公司。

● 무려 세계 40(사십) 개 나라에 제품을 수출하고 있습니다 .

mu-ryeo se-gye 40(sa-sip)gae na-ra-e je-pu-meul ssu-chul-ha-go it-sseum-ni-da.

我們公司的產品，足足輸出到世界 40 個國家。

● 우리는 20(이십) 개국 이상과 거래를 하고 있습니다 .

u-ri-neun 20(i-sip)gae-guk i-sang-gwa geo-rae-reul ha-go it-sseum-ni-da.

我們公司和全世界 20 個國家以上進行（貿易）交易活動。

商務談判以及簽訂契約

2 產品介紹 ((●)) 23

● 이것은 우리의 최신 모델입니다 .

i-geo-seun u-ri-ui choe-sin mo-de-rim-ni-da.

這個是我們最新的產品。

● 우리의 모델 T-10(십) 이 뉴욕의 여러 주요 백화점에서 단 2(이) 주만에 매진되었습니다 .

u-ri-ui mo-del T-10(sip)i nyu-yo-gui yeo-reo ju-yo bae-kwa-jeo-me dan 2(i)ju-ma-ne mae-jin-doe-eot-sseum-ni-da.

我們編號 T-10 的產品，在紐約各大主要百貨公司中，上市兩週就已經銷售一空了。

● 우리 T-10(십)이 당신 시장에서 가장 잘 나가는 제품이 될 것이라는 점을 확신합니다.

u-ri T-10(sip)i dang-sin si-jang-e-seo ga-jang jal na-ga-neun je-pu-mi doel geo-si-ra-neun jeo-meul hwak-ssin-ham-ni-da.

我可以保證，T-10 產品絕對能在您們的市場中成為搶手、銷售最棒的產品。

● 이 상품은 상당히 수요가 있습니다.

i sang-pu-meun sang-dang-hi su-yo-ga it-sseum-ni-da.

需要這個產品的人很多。

● 당신 나라의 시장에서도 인기가 있을 겁니다.

dang-sin na-ra-ui si-jang-e-seo-do in-gi-ga i-sseul kkeom-ni-da.

（這產品）在您們國家的市場中也會成為暢銷產品的。

● 이것은 요즘 대만에서 잘 팔리는 제품입니다.

i-geo-seun yo-jeum dae-ma-ne-seo jal pal-li-neun je-pu-mim-ni-da.

（這產品）最近在台灣賣得很好。

● 실제로 요즘 한국 시장에서 엄청나게 팔리고 있습니다.

sil-je-ro yo-jeum han-guk si-jang-e-seo eom-cheong-na-ge pal-li-go it-sseum-ni-da.

實際上，（這產品）最近在韓國市場，賣得非常好。

● 그 모델의 새로운 특성에 관해 좀 더 자세히 알고 싶습니다 .

geu mo-de-rui sae-ro-un teuk-sseong-e gwan-hae jom deo ja-se-hi al-kko sip-sseum-ni-da.

我想進一步了解有關於那產品的新特性。

● 가 : 기존 제품과는 무엇이 다릅니까 ?

ga: gi-jon je-pum-gwa-neun mu-eo-si da-reum-ni-kka?

它和現在（市面上有）的產品有什麼不同呢 ？

나 : 우선 이 새 품목은 다른 유사 제품에 비해 오래갑니다 .

na: u-seon i sae pum-mo-geun da-reun yu-sa je-pu-me bi-hae o-rae-gam-ni-da.

首先，這個新產品和其他類似的產品相比，可以使用的（壽命）
更長。

商務談判以
及簽訂契約

● 이 시스템은 연료비용을 대폭 절감시켜 줍니다 .

i si-seu-te-meun yeol-lyo-bi-yong-eul ttae-pok jeol-gam-si-kyeo jum-ni-da.

這系統大大減低所需要花費的燃料費。

● 유지비를 대폭 줄여 놓았습니다 .

yu-ji-bi-reul ttae-pok ju-ryeo no-at-sseum-ni-da.

（這產品）大大減低所需要的維修費用。

● 가 : 당신의 새 모델에서 특별히 개선된 것은 무엇입니까?

ga: dang-si-nui sae mo-de-re-seo teuk-ppyeol-hi gae-seon-doen geo-seun mu-eo-sim-ni-kka?

您針對新的產品進行哪方面的特別改善呢?

나 : 이 모델은 지난해 모델에 비해 약 30(삼십)% 정도 더 빠릅니다 .

na: i mo-de-reun ji-nan-hae mo-de-re bi-hae yak 30(sam-sip)% jeong-do deo ppa-reum-ni-da.

這個產品和去年的產品相比,速度約快 30% 左右。

● 제품의 안전성에 대해 좀 더 자세히 알려 주시면 고맙겠습니다 .

je-pu-mui an-jeon-seong-e dae-hae jom deo ja-se-hi al-lyeo ju-si-myeon go-map-kket-sseum-ni-da.

如果您能更進一步說明有關於這產品的安全性,那就真的再感謝不過了。

● 마침 잘 오셨습니다 .

ma-chim jal o-syeot-sseum-ni-da.

您來的正好。

● 주요 공장을 시찰해 보시겠습니까?

ju-yo gong-jang-eul ssi-chal-hae bo-si-get-sseum-ni-kka?

您不介意實際參觀一下我們的工廠吧?

● 이곳이 우리의 모든 생산품을 진열해 둔 전시장입니다 .

i-go-si u-ri-ui mo-deun saeng-san-pu-meul ji-nyeol-hae dun jeon-si-jang-im-ni-da.

這個地方，是陳列我們所有生產品的展覽室。

● 이 모델 KT-819(팔일구) 가 우리 회사의 최고급 LCD 모니터입니다 .

i mo-del KT-819(pa-ril-gu)ga u-ri hoe-sa-ui choe-go-geup LCD mo-ni-teo-im-ni-da.

編號 KT-819 是我們公司中最高級的 LCD 顯示器。

● 이 제품은 해외에서 잘 팔리고 있습니다 .

i je-pu-meun hae-oe-e-seo jal pal-li-go it-sseum-ni-da.

這產品在國外正熱賣中。

商務談判以
及簽訂契約

● 이 제품이 가장 잘 팔리는 디지털 카메라입니다 .

i je-pu-mi ga-jang jal pal-li-neun di-ji-teol ka-me-ra-im-ni-da.

這產品是最近賣最好的電子相機。

● 이 모델이 우리 제품 중 가장 꾸준히 팔리고 있는 것 중에 하나입니다 .

i mo-de-ri u-ri je-pum jung ga-jang kku-jun-hi pal-li-go in-neun geot jung-e ha-na-im-ni-da.

這產品是我們許多熱賣商品中的其中一個。

이 신 개발품은 어떻습니까 ?

i sin gae-bal-pu-meun eo-tteo-sseum-ni-kka?

這個新開發品如何 ?

이 제품은 요즘 잘 팔립니까 ?

i je-pu-meun yo-jeum jal pal-lim-ni-kka?

這產品最近賣得好嗎 ?

이 제품의 월간 생산능력은 어느 정도입니까 ?

i je-pu-mui wol-gan saeng-san-neung-nyeo-geun eo-neu jeong-do-im-ni-kka?

這產品一個月間的生產量約有多少呢 ?

제품의 사용법을 보여 주실 수 있습니까 ?

je-pu-mui sa-yong-beo-beul ppo-yeo ju-sil su it-sseum-ni-kka?

您可以讓我看看怎麼操作這產品嗎 ?

제품에 관해 인쇄물로 된 것이 있습니까 ?

je-pu-me gwan-hae in-swae-mul-lo doen geo-si it-sseum-ni-kka?

有關於這產品的廣告傳單嗎 ?

견본품과 사양서를 포함한 카탈로그 몇 부를 얻고 싶습니다 .

gyeon-bon-pum-gwa sa-yang-seo-reul po-ham-han ka-tal-lo-geu myeot bu-reul eot-kko sip-sseum-ni-da.

我想要索取幾份 (有關於這產品的) 樣品和說明書的目錄 。

● 이 달 말까지 모델 23(이십 삼) 의 견본을 보내 주시면 감사하 겠습니다 .

i dal mal-kka-jji mo-del 23(i-sip-ssam)ui gyeon-bo-neul bo-nae ju-si-myeon gam-sa-ha-get-sseum-ni-da.

如果我能在這個月底拿到編號 23 號的樣品，那就真的太感謝了。

● 견적서를 보내 주실 수 있습니까 ?

gyeon-jeok-sseo-reul ppo-nae ju-sil su it-sseum-ni-kka?

您能傳給我 (產品) 估價單嗎 ?

● 죄송하지만 다시 한번 질문해 주시겠어요 ?

joe-song-ha-ji-man da-si han-beon jil-mun-hae ju-si-ge-sseo-yo?

不好意思，您可以再重複説一遍您的問題嗎 ?

我沒有聽懂您的問題。

商務談判以及簽訂契約

3 商談契約、簽訂合約用語 **((●)) 24**

● 점심이라도 하면서 그 건에 대해 상의할까요 ?

jeom-si-mi-ra-do ha-myeon-seo geu geo-ne dae-hae sang-ui-hal-kka-yo?

可以和您一起用中餐，一起討論那件事情嗎 ?

● 어떤 계약 조건을 생각하고 계신지요 ?

eo-tteon gye-yak jo-geo-neul ssaeng-ga-ka-go gye-sin-ji-yo?

您願意的、想要的簽約條件是什麼呢 ?

● 이 항목을 어떻게 해석하시죠 ?

i hang-mo-geul eo-tteo-ke hae-seo-ka-si-jyo?

這項目您是怎麼解釋、怎麼想的呢 ?

● 이 계약의 기간은 어느 정도죠 ?

i gye-ya-gui gi-ga-neun eo-neu jeong-do-jyo?

這契約的（有效）時間約有多久呢？

● 우리의 제안에 대한 의견을 말씀해 주십시오 .

u-ri-ui je-a-ne dae-han ui-gyeo-neul mal-sseum-hae ju-sip-ssi-o.

請您對我們的提案給一些意見吧。

● 나의 제안을 귀사에서 받아들일 수 있다고 생각합니까 ?

na-ui je-a-neul kkwi-sa-e-seo ba-da-deu-ril su it-tta-go saeng-ga-kam-ni-kka?

您不認為我提出的提案，很適合貴公司嗎？

● 저는 이렇게 제안하고 싶습니다 .

jeo-neun i-reo-ke je-an-ha-go sip-sseum-ni-da.

我的建議是這樣的。

我想提出這個建議。

● 제 제안을 받아들이시라고 강력히 권하고 싶습니다 .

je je-a-neul ppa-da-deu-ri-si-ra-go gang-nyeo-ki gwon-ha-go sip-sseum-ni-da.

我強力推薦、建議貴公司採納我提出來的提案。

● 이렇게 이해하면 되겠습니까 ?

i-reo-ke i-hae-ha-myeon doe-get-sseum-ni-kka?

（如果我沒有理解錯誤的話，）您説的意思是這樣的吧。

● 우리는 지금까지 초안의 5(오)장까지 동의했습니다.

u-ri-neun ji-geum-kka-ji cho-a-nui 5(o)jang-kka-ji dong-ui-haet-sseum-ni-da.

我們目前（一致）同意草案中前五頁。

● 다시 한 번 상담 내용을 점검하고 약간의 수정 작업을 한 후 완성합시다.

da-si han beon sang-dam nae-yong-eul jeom-geom-ha-go yak-kka-nui su-jeong ja-geo-beul han hu wan-seong-hap-ssi-da.

我們再一次檢查（討論過）的商議內容，稍微修正一下就可以（完成此工作）了。

● 조건에 대해 교섭의 여지가 있습니까?

jo-geo-ne dae-hae gyo-seo-bui yeo-ji-ga it-sseum-ni-kka?

我們還可以追加有關於條件部分的內容嗎？

還有商討條件的空間嗎？

● 재협상의 가능성이 있습니까?

jae-hyeop-ssang-ui ga-neung-seong-i it-sseum-ni-kka?

是否可能再協商一次呢？

● 죄송하지만 더 이상 가격에 대해서는 협상의 여지가 없겠네요.

joe-song-ha-ji-man deo i-sang ga-gyeo-ge dae-hae-seo-neun hyeop-ssang-ui yeo-ji-ga eop-kken-ne-yo.

不好意思，但是對於價格這部分，我想不太可能進行協商、調整的。

● 협상이 이루어지지 않을 수도 있다고 생각합니다 .

hyeop-ssang-i i-ru-eo-ji-ji a-neul ssu-do it-tta-go saeng-ga-kam-ni-da.

我想我們無法達成協商的可能了。

● 협상이 깨질 가능성이 있음을 인정해야 합니다 .

hyeop-ssang-i kkae-jil ga-neung-seong-i i-sseu-meul in-jeong-hae-ya
ham-ni-da.

我想我們有協商破裂的可能性。

● 견해가 다른 것 같은데요 .

gyeon-hae-ga da-reun geot ga-teun-de-yo.

這和我們的意見不盡相同。

● 요청하신 대로 응할 수는 없습니다 .

yo-cheong-ha-sin dae-ro eung-hal ssu-neun eop-sseum-ni-da.

我想我不能答應您的要求。

這個要求有點太過份。

● 회사에 따라서 다릅니다 .

hoe-sa-e tta-ra-seo da-reum-ni-da.

這（價錢、條件）是依據公司的不同而異。

● 그것은 어느 회사와 거래를 하느냐에 따라 다릅니다 .

geu-geo-seun eo-neu hoe-sa-wa geo-rae-reul ha-neu-nya-e tta-ra da-
reum-ni-da.

這是根據跟哪一間公司做生意，而有所差異的。

● 타협점을 찾는 노력을 합시다.

ta-hyeop-jjeo-meul chan-neun no-ryeo-geul hap-ssi-da.

我會努力協調再次協商的條件、基準點的。

● 그 문제에 대해 타협점을 찾았으면 합니다.

geu mun-je-e dae-hae ta-hyeop-jjeo-meul cha-ja-sseu-myeon ham-ni-da.

我會針對這個問題尋找出再次（滿足雙方）協商的條件、基準點。

● 그건 저작권법에 위배됩니다.

geu-geon jeo-jak-kkwon-beo-be wi-bae-doem-ni-da.

那違反了智慧財產權。

● 내일 연락드리면 어떻겠습니까?

nae-il yeol-lak-tteu-ri-myeon eo-tteo-ket-sseum-ni-kka?

明天再給您消息可以嗎？

● 내일까지 답변을 드리겠습니다.

nae-il-kka-ji dap-ppyeo-neul tteu-ri-get-sseum-ni-da.

明天我就回覆您。

● 다음 주까지 당신의 제안에 대답할 테니까 그때까지 시간을 주는
게 어떻습니까?

da-eum ju-kka-ji dang-si-nui je-a-ne dae-da-pal-te-ni-kka geu-ttae-kka-
ji si-ga-neul jju-neun ge eo-tteo-sseum-ni-kka?

到下禮拜我們（才正式決定）能否接受您的提案，所以在那之前，
可以給我們一些時間嗎？

● 생각 좀 해 보겠습니다.

saeng-gak jom hae bo-get-sseum-ni-da.

讓我想一下、考慮一下。

● 더 생각해 볼 시간이 필요합니다. 이 점에 대해 추후 연락을 드려도 될까요?

deo saeng-ga-kae bol si-ga-ni pi-ryo-ham-ni-da. i jeo-me dae-hae chu-hu yeol-la-geul tteu-ryeo-do doel-kka-yo?

我需要時間再想想看。針對這點，我再事後連絡您可以嗎？

● 이 일은 제 권한 밖의 일이라 제가 할 수 있는 게 없네요.

i i-reun je gwon-han ba-kkui i-ri-ra je-ga hal ssu in-neun-ge eom-ne-yo.

這個問題，已經超過我的權限之外，我無法做任何改變。

● 먼저 사장님의 의중을 떠봐야겠습니다.

meon-jeo sa-jang-ni-mui ui-jung-eul tteo-bwa-ya-get-sseum-ni-da.

首先，我要先詢問一下老闆的心意如何。

● 먼저 사장님과 의논을 해 봐야겠습니다.

meon-jeo sa-jang-nim-gwa ui-no-neul hae bwa-ya-get-sseum-ni-da.

首先，我要先詢問一下老闆的意見如何。

● 우선 사장님의 허락을 얻어야 합니다.

u-seon sa-jang-ni-mui heo-ra-geul eo-deo-ya ham-ni-da.

首先，我必需要經過老闆的同意。

● 이 거래에 관해서 최종결정을 내리기 전에 공장장과 잠시 상의를 해야겠습니다.

i geo-rae-e gwan-hae-seo choe-jong-gyeol-jeong-eul nae-ri-gi jeo-ne gong-jang-jang-gwa jam-si sang-ui-reul hae-ya-get-sseum-ni-da.

在最終確定是否交易前，我必須要跟您的工廠管理長見一面（討論看看）。

● 전반적인 물품인도 스케줄을 확정하기 전에 우선 수출부장과 잠시 상의를 해야겠습니다.

jeon-ban-jeo-gin mul-pu-min-do seu-ke-ju-reul hwak-jjeong-ha-gi jeo-ne u-seon su-chul-bu-jang-gwa jam-si sang-ui-reul hae-ya-get-sseum-ni-da.

在確定整體的交貨期前，我必須和貴公司的輸出部門部長進行短暫的商議。

商務談判以
及簽訂契約

● 그 문제에 관한 결정은 사장이 유보하고 있습니다.

geu mun-je-e gwan-han gyeol-jeong-eun sa-jang-i yu-bo-ha-go it-sseum-ni-da.

關於處理那問題的權限，是在老闆身上。
只有老闆才能決定那個提案。

● 결정이 나는 대로 연락을 드리겠습니다.

gyeol-jeong-i na-neun dae-ro yeol-la-geul tteu-ri-get-sseum-ni-da.

當決定結果出來，馬上就通知、聯絡您。

● 오늘은 더 이상 논의할 시간이 없습니다.

o-neu-reun deo i-sang no-nui-hal ssi-ga-ni eop-sseum-ni-da.

今天沒有商討的時間。

● 이만 끝냅시다 .

i-man kkeun-naep-ssi-da.

那麼（會議、商議內容）就到這裡結束吧。

● 다음에 합시다 .

da-eu-me hap-ssi-da.

我們下一次再繼續吧。

● 함께 성공적인 사업을 해 나가리라 기대됩니다 .

ham-kke seong-gong-jeo-gin sa-eo-beul hae na-ga-ri-ra gi-dae-doem-
ni-da.

讓我們一起期待蓬勃發展的（事業）前景吧。

● 귀중한 시간을 내어 주셔서 대단히 감사합니다 .

gwi-jung-han si-ga-neul nae-eo ju-syeo-seo dae-dan-hi gam-sa-ham-ni-
da.

很謝謝您抽出寶貴的時間（與我們見面）。

● 댁의 시간을 너무 많이 빼앗아서 죄송합니다 .

dae-gui si-ga-neul neo-mu ma-ni ppae-a-sa-seo joe-song-ham-ni-da.

真不好意思，佔用您太多的時間了。

● 앞으로 협상할 여지를 남겨 둡시다 .

a-peu-ro hyeop-ssang-hal yeo-ji-reul nam-gyeo dup-ssi-da.

讓我們保留以後再次協商的可能吧。

● 가능한 그러한 조건에 맞추도록 노력하겠습니다 .

ga-neung-han geu-reo-han jo-geo-ne mat-chu-do-rok no-ryeo-ka-get-sseum-ni-da.

我會盡力滿足（貴公司）的條件。

● 저희가 그렇게 할 것을 보장합니다 .

jeo-hi-ga geu-reo-ke hal kkeo-seul ppo-jang-ham-ni-da.

我們可以保證，會依您們的要求行事的。

4 訂購商品相關用語 ((●)) 25

● 주문 좀 하려고 합니다 .

ju-mun jom ha-ryeo-go ham-ni-da.

我想訂購您們的產品。

● LCD 모니터를 주문하고 싶습니다 .

LCD mo-ni-teo-reul jju-mun-ha-go sip-sseum-ni-da.

我想訂購 LCD 顯示器。

● 추가 주문을 하고 싶습니다 .

chu-ga ju-mu-neul ha-go sip-sseum-ni-da.

我想追加訂購您們的產品。

● 주문을 변경하고 싶습니다 .

ju-mu-neul ppyeon-gyeong-ha-go sip-sseum-ni-da.

我想要更改訂購的產品（品項、數量）。

商務談判以
及簽訂契約

● 전에 전화로 말씀드린 대로 어떤 일정한 조건으로 이 제품
  을 구매하려고 합니다.

  jeo-ne jeon-hwa-ro mal-sseum-tteu-rin dae-ro eo-tteon il-jeong-
  han jo-geo-neu-ro i je-pu-meul kku-mae-ha-ryeo-go ham-ni-da.

  之前有來電告知，因為一些特定條件，我們要購買這產品。

● 가 : 어떤 종류의 물건을 찾으십니까?

  ga: eo-tteon jong-nyu-ui mul-geo-neul cha-jeu-sim-ni-kka?

  您在找怎麼樣的產品呢？

  나 : 제일 잘 팔리는 것입니다.

  na: je-il jal pal-li-neun geo-sim-ni-da.

  賣得最好的（產品）。

● 주문하려고 하는 시리얼 넘버가 무엇이죠?

  ju-mun-ha-ryeo-go ha-neun si-ri-eol neom-beo-ga mu-eo-si-jyo?

  您要訂購的產品編號是什麼呢？

● 어떤 사이즈를 찾으십니까?

  eo-tteon sa-i-jeu-reul cha-jeu-sim-ni-kka?

  您在找哪種尺寸的呢？

● 세트를 나누어서 팔지는 않습니까?

  se-teu-reul na-nu-eo-seo pal-jji-neun an-sseum-ni-kka?

  您們一組的產品能否拆開賣？

● 다양한 가격대가 있습니다.

da-yang-han ga-gyeok-ttae-ga it-sseum-ni-da.

我們有多樣化的價格選項。

● 더 싼 것을 찾으세요?

deo ssan geo-seul cha-jeu-se-yo?

您希望找更便宜的產品嗎?

● 값이 저렴한 것도 있습니다.

gap-ssi jeo-ryeom-han geot-tto it-sseum-ni-da.

我們也有便宜的產品。

商務談判以
及簽訂契約

● 박스 단위로만 팝니다.

bak-sseu da-nwi-ro-man pam-ni-da.

我們是以一箱為單位販賣的。

● 그것들을 한 상자 당 1000(천) 달러에 내놓고 있습니다.

geu-geot-tteu-reul han sang-ja dang 1000(cheon)dal-leo-e nae-no-ko it-sseum-ni-da.

那些是以一箱一千美金推出的。

● 소매가 20(이십) 달러입니다.

so-mae-ga 20(i-sip)dal-leo-im-ni-da.

單買是一個二十美元。

● 이 물건은 세트로만 팝니다.

i mul-geo-neun se-teu-ro-man pam-ni-da.

這商品只以一組販賣。

產品不拆開、單賣的。

● 합계 6000(육천) 달러입니다.

hap-kkye 6000(yuk-cheon)dal-leo-im-ni-da.

總共是六千美元。

● 5(다섯) 세트 당 20(이십) 달러에 팝니다.

5(da-seot)se-teu dang 20(i-sip) dal-leo-e pam-ni-da.

五組二十美元販售。

● 가격표를 보내 주실 수 있습니까?

ga-gyeok-pyo-reul ppo-nae ju-sil su it-sseum-ni-kka?

可以把產品的價格表寄給我參考看看嗎？

● 10(십) 일 이내로 가격표를 보내 주실 수 있습니까?

10(sip)il i-nae-ro ga-gyeok-pyo-reul ppo-nae ju-sil su it-sseum-ni-kka?

十天之內可以把產品的價格表寄給我參考看看嗎？

● 가 : 이 제품은 단가가 얼마입니까?

ga: i je-pu-meun dan-ga-ga eol-ma-im-ni-kka?

這產品的單價是多少呢？

나 : 우리가 해 드릴 수 있는 가격은 개당 50(오십) 달러입니다.
na: u-ri-ga hae deu-ril su in-neun ga-gyeo-geun gae-dang 50(o-sip) dal-leo-im-ni-da.
我們可以提供的價格是每個單價五十美元。

● 이 가격은 흥정할 수 있나요?
i ga-gyeo-geun heung-jeong-hal ssu in-na-yo?
可以接受議價嗎?

● 이 제품에 대해 얼마를 부르겠습니까?
i je-pu-me dae-hae eol-ma-reul ppu-reu-get-sseum-ni-kka?
(針對購買此產品,)您願意開出來的價錢大約是多少?

商務談判以
及簽訂契約

● 이것을 좀 더 할인해 주면 고맙겠습니다.
i-geo-seul jjom deo ha-rin-hae ju-myeon go-map-kket-sseum-ni-da.
如果能再給我一些折扣,那真的是太感謝您了。

● 어느 정도까지 가격을 할인해 주실 수 있습니까?
eo-neu jeong-do-kka-ji ga-gyeo-geul ha-rin-hae ju-sil su it-sseum-ni-kka?
您可以給我多優惠的折扣呢?

● 5(오)% 할인해 주실 수 있습니까?
5(o)%ha-rin-hae ju-sil su it-sseum-ni-kka?
可以給我 5%的折扣嗎?

● 값을 잘해 드리겠습니다 .

gap-sseul jjal-hae deu-ri-get-sseum-ni-da.

我會給您滿意的價格的。

● 이것들은 세일 중입니다 . 그래서 가격이 절반입니다 .

i-geot-tteu-reun se-il jung-im-ni-da. geu-rae-seo ga-gyeo-gi jeol-ba-nim-ni-da.

這產品正在促銷中，所以現在價格折半出售。

● 그것이 얼마나 싼지 믿을 수 없을 겁니다 .

geu-geo-si eol-ma-na ssan-ji mi-deul ssu eop-sseul kkeom-ni-da.

您絕對無法相信，有這麼便宜的東西。

● 1000(천) 개 이상을 구입하시면 더 큰 폭의 할인을 해 드릴 수도 있습니다 .

1000(cheon)gae i-sang-eul kku-i-pa-si-myeon deo keun po-gui ha-ri-neul hae deu-ril su-do it-sseum-ni-da.

如果您購買一千個以上的話，會有更大的折扣數。

● 가 : 가격을 더 인하해 주실 수 있습니까 ?

ga: ga-gyeo-geul tteo in-ha-hae ju-sil su it-sseum-ni-kka?

在價錢上面，可以再便宜點嗎？

나 : 우리의 가격을 3(삼)% 인하한다면 상당량의 우리 제품을 구입하시겠다는 거죠 ?

na: u-ri-ui ga-gyeo-geul 3(sam)% in-ha-han-da-myeon sang-dang-nyang-ui u-ri je-pu-meul kku-i-pa-si-get-tta-neun geo-jyo?

如果我們給您 3% 的折扣優惠，您們會願意大量購買該產品吧？

● 더 이상 할인은 불가능합니다 .

deo i-sang ha-ri-neun bul-ga-neung-ham-ni-da.

我們不可能再給出更多的優惠了。

● 아시겠지만 , 우리도 수지 균형을 맞추어야 하니까요 .

a-si-get-jji-man, u-ri-do su-ji gyun-hyeong-eul mat-chu-eo-ya ha-ni-kka-yo.

您也知道，我們也需要賺點利潤的。

商務談判以及簽訂契約

● 이 이상 내려갈 수는 없습니다 . 우리도 살아야 하니까요 .

i i-sang nae-ryeo-gal ssu-neun eop-sseum-ni-da. u-ri-do sa-ra-ya ha-ni-kka-yo.

我們不可能再給出更多的優惠了，我們也要賺點利潤（生存）的。

● 자재비가 오르고 있거든요 .

ja-jae-bi-ga o-reu-go it-kkeo-deu-nyo.

最近物料漲了（很多）。

● 좀 무리한 주문이라는 생각이 듭니다.

jom mu-ri-han ju-mu-ni-ra-neun saeng-ga-gi deum-ni-da.

我覺得（這價錢）有點不合理。

我無法接受這樣的（價錢）提議。

● 모델 19(십구) 의 재고가 있습니까?

mo-del 19(sip-kku)ui jae-go-ga it-sseum-ni-kka?

編號 19 號的產品還有庫存嗎?

● 남아 있는 재고가 있습니까?

na-ma in-neun jae-go-ga it-sseum-ni-kka?

剩下的庫存量還有多少?

● 이런 모양의 자켓을 제조하고 있습니까?

i-reon mo-yang-ui ja-ke-seul jje-jo-ha-go it-sseum-ni-kka?

您們正在做這樣類型的夾克外套嗎?

● 모든 제품은 재고가 있습니다.

mo-deun je-pu-meun jae-go-ga it-sseum-ni-da.

所有的商品都還有庫存。

● 지금 저희 공장에 약 3000(삼천) 개의 재고가 있습니다.

ji-geum jeo-hi gong-jang-e yak 3000(sam-cheon)gae-ui jae-go-ga it-sseum-ni-da.

現在在我們工廠,還有約 3000 個庫存。

● 당분간은 재고가 없습니다 .

dang-bun-ga-neun jae-go-ga eop-sseum-ni-da.

短時間，沒有庫存量了。

● 죄송하지만 지금은 재고가 없습니다 .

joe-song-ha-ji-man ji-geu-meun jae-go-ga eop-sseum-ni-da.

不好意思，現在沒有庫存了。

● 주문하신 바지는 재고가 없습니다 .

ju-mun-ha-sin ba-ji-neun jae-go-ga eop-sseum-ni-da.

您要訂購的褲子，現在沒有庫存了。

商務談判以
及簽訂契約

● 지금 재고가 바닥이 났습니다 .

ji-geum jae-go-ga ba-da-gi nat-sseum-ni-da.

我們現在已經沒有庫存量了。

現在產品都已經訂購光了。

● 그 모델은 더 이상 제조하지 않습니다 .

geu mo-de-reun deo i-sang je-jo-ha-ji an-sseum-ni-da.

我們已經不再製造那產品了。

● 우리는 모델 -19(십구) 에 대한 다량의 주문을 확보하고 있습니다 .

u-ri-neun mo-del-19(sip-kku)e dae-han da-ryang-ui ju-mu-neul hwak-

ppo-ha-go it-sseum-ni-da.

我們編號 19 號的產品一直有大量的訂單。

5 推銷、販賣公司產品的表現用語　　**((●)) 26**

● 이 제품을 강력히 추천합니다 .

i je-pu-meul kkang-nyeo-ki chu-cheon-ham-ni-da.

我強力推薦此產品。

● 선택하실 수 있는 제품이 많이 있습니다 .

seon-tae-ka-sil su in-neun je-pu-mi ma-ni it-sseum-ni-da.

我們還有很多可供選擇的產品。

● 이것 한번 써 보시죠 ?

i-geot han-beon sseo bo-si-jyo?

您要不要試用一次看看這個 (產品) ？

● 품질을 경쟁사 제품과 비교해 주십시오 .

pum-ji-reul kkyeong-jaeng-sa je-pum-gwa bi-gyo-hae ju-sip-ssi-o.

您可拿我們的產品跟現有 (市面上) 相似的產品比較看看。

● 귀사의 판매 전략은 무엇입니까 ?

gwi-sa-ui pan-mae jeol-lya-geun mu-eo-sim-ni-kka?

貴公司的銷售策略是什麼呢 ？

● 가 : 국내의 판매 전략은 어떤 것입니까 ?

ga: gung-nae-ui pan-mae jeol-lya-geun eo-tteon geo-sim-ni-kka?

您在國內市場銷售策略是什麼呢 ？

나 : 우리의 판매 전략은 박리다매입니다 .

na: u-ri-ui pan-mae jeol-lya-geun bang-ni-da-mae-im-ni-da.

我們銷售策略是薄利多銷。

● 가 : 귀사는 주로 어떤 유통 채널을 가지고 계십니까 ?

ga: gwi-sa-neun ju-ro eo-tteon yu-tong chae-neo-reul kka-ji-go gye-sim-ni-kka?

貴公司主要的銷售管道是什麼呢 ?

나 : 우리는 " 체인 스토어 " 라고 불리는 방식에 완전히 의존 하고 있습니다 .

na: u-ri-neun "che-in seu-to-eo"ra-go bul-li-neun bang-si-ge wan-jeon-hi ui-jon-ha-go it-sseum-ni-da.

我們（銷售管道是）完全依賴『連鎖商店』方式經營。

商務談判以及簽訂契約

● 가 : 얼마 동안 보증이 됩니까 ?

ga: eol-ma dong-an bo-jeung-i doem-ni-kka?

產品保固是多久呢 ?

나 : 3(삼) 년 간 보증을 해 줍니다 .

na: 3(sam)nyeon gan bo-jeung-eul hae jum-ni-da.

產品保固期間是三年。

● 선적하는 데 얼마나 걸립니까 ?

seon-jeo-ka-neun de eol-ma-na geol-lim-ni-kka?

船運的時間要多久呢 ?

● 언제 물품을 선적할 수 있습니까 ?

eon-je mul-pu-meul sseon-jeo-kal ssu it-sseum-ni-kka?

什麼時候可以把物品裝載上船寄給我們呢 ?

● 가 : 물품이 도착하는 데 얼마나 걸립니까 ?

ga: mul-pu-mi do-cha-ka-neun de eol-ma-na geol-lim-ni-kka?

要花多久時間才能收到物品呢 ?

나 : 실질적인 선적은 신용장을 접수한 후 30(삼십) 일 이내에
준비하겠습니다 .

na: sil-jil-jeo-gin seon-jeo-geun si-nyong-jang-eul jjeop-ssu-han hu
30(sam-sip)il i-nae-e jun-bi-ha-get-sseum-ni-da.

實際上 , 等船運收到確認文件之後 , 30 天以內就會準備好 (運輸
過去) 了 。

● 500(오백) 개를 먼저 8(팔) 월 31(삼십일) 일까지 납품할 수
있습니까 ?

500(o-baek)gae-reul meon-jeo 8(pal)wol31(sam-sip-il) il-kka-ji nap-
pum-hal ssu it-sseum-ni-kka?

可以在八月三十一日之前 , 先交貨五百個 (產品) 給我們嗎 ?

● 금요일까지 시간을 주십시오 .

geu-myo-il-kka-ji si-ga-neul jju-sip-ssi-o.

再給我一點時間 , 到星期五前吧 。

● 가 : 선적일자를 확인해 주시겠습니까 ?

ga: seon-jeo-gil-ja-reul hwa-gin-hae ju-si-get-sseum-ni-kka?

您可以幫我確認船運的時間嗎 ?

나 : 네 , 일단 월요일로 정해 둡시다 .

na: ne, il-dan wo-ryo-il-lo jeong-hae dup-ssi-da.

好的，先把時間訂在星期一吧。

● 납품 기한을 연기해 주시겠습니까 ?

nap-pum gi-ha-neul yeon-gi-hae ju-si-get-sseum-ni-kka?

我可以延緩一下出貨時間嗎 ?

商務談判以
及簽訂契約

● 선적이 늦어진 이유를 알려 주십시오 .

seon-jeo-gi neu-jeo-jin i-yu-reul al-lyeo ju-sip-ssi-o.

請您告訴我，耽誤船運出發時間的理由。

● 선적 지연 때문에 판매 시즌을 놓쳤습니다 .

seon-jeok ji-yeon ttae-mu-ne pan-mae si-jeu-neul not-cheot-sseum-ni-da.

因為船運失誤的關係，我們錯過銷售旺季了。

● 항공으로 운송하면 시간이 절약되지요 .

hang-gong-eu-ro un-song-ha-myeon si-ga-ni jeo-ryak-ttoe-ji-yo.

用航空運輸的話，收貨時間可以節省很多。

● 운임은 중량과 목적지에 따라 결정됩니다.

u-ni-meun jung-nyang-gwa mok-jjeok-jji-e tta-ra gyeol-jeong-doem-ni-da.

運費是隨著（產品）的重量以及配送地的不同而異。

● 우리 제품은 수송할 때 손상을 입을 수도 있습니다.

u-ri je-pu-meun su-song-hal ttae son-sang-eul i-beul ssu-do it-sseum-ni-da.

我們產品在輸送的時候，也有可能遭受到損害。

● 지불 기한은 7(칠) 월 31(삼십일) 일까지입니다.

ji-bul gi-ha-neun 7(chil)wol31(sam-sip)il-kka-ji-im-ni-da.

付款時間在 7 月 31 號為止。

● 오늘 중으로 6000(육천) 달러를 저희 계좌로 송금해 주십시오.

o-neul jjung-eu-ro 6000(yuk-cheon)dal-leo-reul jeo-hi gye-jwa-ro song-geum-hae ju-sip-ssi-o.

請在今天以內，把六千元美金匯到我們銀行帳號。

● 지불 조건은 어떠한 방식입니까?

ji-bul jo-geo-neun eo-tteo-han bang-si-gim-ni-kka?

我們要以怎麼樣的方式支付費用呢？

● 30(삼십) 일 환어음을 지급해 주시기 바랍니다.

30(sam-sip)il hwa-neo-eu-meul jji-geu-pae ju-si-gi ba-ram-ni-da.

希望您能在三十天之內支付匯票。

146

● 취소불가능신용장으로 발행해 주시겠습니까 ?

chwi-so-bul-ga-neung-si-nyong-jang-eu-ro bal-haeng-hae ju-si-get-sseum-ni-kka?

可以發行不可取消的信用狀嗎 ?

● 지불에 대해선 전혀 걱정하시지 않도록 확실히 하겠습니다 .

ji-bu-re dae-hae-seon jeon-hyeo geok-jjeong-ha-si-ji an-to-rok hwak-ssil-hi ha-get-sseum-ni-da.

對於付款方面，我會做到讓您完全不用擔心。

● 송금이 들어오면 알려 드리겠습니다 .

song-geu-mi deu-reo-o-myeon al-lyeo deu-ri-get-sseum-ni-da.

收到費用之後，我們會通知您們的。

商務談判以及簽訂契約

6 對於故障產品的處理，以及賠償商業用語表現 ((●)) 27

● 제품에 관해 클레임이 생겼습니다 .

je-pu-me gwan-hae keul-le-i-mi saeng-gyeot-sseum-ni-da.

我們對於產品感到不滿。

● 제품이 우리가 주문한 것과 다릅니다 .

je-pu-mi u-ri-ga ju-mun-han geot-kkwa da-reum-ni-da.

這東西和我們訂購的產品不一樣。

● 귀사가 선적한 물품을 손상된 상태로 받았습니다 .

gwi-sa-ga seon-jeo-kan mul-pu-meul sson-sang-doen sang-tae-ro ba-dat-sseum-ni-da.

貴公司的產品在船運中，有受損的情況產生。

● 포장이 잘못되어 물품 일부가 심하게 파손되었습니다 .

po-jang-i jal-mot-ttoe-eo mul-pum il-bu-ga sim-ha-ge pa-son-doe-eot-sseum-ni-da.

有一部份包裝不夠妥善的產品，產生嚴重破損的情況。

● 물품의 10(십)% 정도가 운송에서 파손되었습니다 .

mul-pu-mui 10(sip)%jeong-do-ga un-song-e-seo pa-son-doe-eot-sseum-ni-da.

產品大約有 10% 的數量，在配送運輸中，產生破損。

● 그 모델의 수요에 대해 충분한 공급을 해 주지 못 하고 있습
니다 .

geu mo-de-rui su-yo-e dae-hae chung-bun-han gong-geu-beul hae
ju-ji mot ha-go it-sseum-ni-da.

我們無法充分地出貨、負擔趕出這個產品的需求量。

● 이런 질 나쁜 물건으로 바가지 씌우려 하지 마세요 .

i-reon jil na-ppeun mul-geo-neu-ro ba-ga-ji ssi-u-ryeo ha-ji ma-se-yo.

別用這種品質差的商品坑人。

● 선적하는 데 문제가 생겼습니다 . 부족한 상품은 항공편으로 보
내 드리겠습니다 .

seon-jeo-ka-neun de mun-je-ga saeng-gyeot-sseum-ni-da. bu-jo-kan
sang-pu-meun hang-gong-pyeo-neu-ro bo-nae deu-ri-get-sseum-ni-da.

在船運中，發生一些問題了。不足（數量不夠）的產品，我們用
航空方式配送給您。

● 포장이 좋지 않아서 일부 제품이 파손되었습니다 .

po-jang-i jo-chi a-na-seo il-bu je-pu-mi pa-son-doe-eot-sseum-ni-da.

有一部份產品，因為包裝未盡妥善而破損了。

● 납기에 맞추도록 전력을 다하라고 공장에 말해 주십시오 .

nap-kki-e mat-chu-do-rok jeol-lyeo-geul tta-ha-ra-go gong-jang-e
mal-hae ju-sip-ssi-o.

請您幫我轉告給工廠，盡最大的努力配合交期。

● 이런 혼란이 다시는 일어나지 않을 것입니다 .

i-reon hol-la-ni da-si-neun i-reo-na-ji a-neul kkeo-sim-ni-da.

我們（保證）不會再發生這種混亂的狀況了。

商務談判以
及簽訂契約

● 주문량보다 수량이 200(이백) 개가 부족합니다 .

ju-mul-lyang-bo-da su-ryang-i 200(i-baek)gae-ga bu-jo-kam-ni-da.

比起我們所要訂購的數量，現在還缺少兩百個。

● 대단히 죄송합니다 . 실수로 다른 물건을 보냈습니다 .

dae-dan-hi joe-song-ham-ni-da. sil-su-ro da-reun mul-geo-neul ppo-
naet-sseum-ni-da.

因為失誤送錯物品，真的很對不起。

● 보낸 제품은 틀림없이 견본과 같은 제품입니다 .

bo-naen je-pu-meun teul-li-meop-ssi gyeon-bon-gwa ga-teun je-pu-
mim-ni-da.

我們配送過去的產品是與樣品相同的。

● 귀사에서 이 클레임 건에 대하여 어떻게 해결 하실건지 계속 연락
을 취해 주세요 .

gwi-sa-e-seo i keul-le-im geo-ne dae-ha-yeo eo-tteo-ke hae-gyeol ha-sil-geon-ji gye-sok yeol-la-geul chwi-hae ju-se-yo.

請貴公司與我們保持聯絡，好讓我們知道您們對於產品的賠償（缺
失）要如何後續處理、改進。

● 가 : 어떻게 보장하시겠습니까 ?

ga: eo-tteo-ke bo-jang-ha-si-get-sseum-ni-kka?

您要怎麼樣給我們保障呢 ?

나 : 모든 파손품을 대체해 드리겠습니다 .

na: mo-deun pa-son-pu-meul ttae-che-hae deu-ri-get-sseum-ni-da.

我們將會替換所有的破損品。

● 바로 알아보고 답을 드리겠습니다 .

ba-ro a-ra-bo-go da-beul tteu-ri-get-sseum-ni-da.

我現在馬上幫您確認狀況回覆您。

● 죄송하지만 그 문제에 대해선 지금 언급할 수가 없습니다 .

joe-song-ha-ji-man geu mun-je-e dae-hae-seon ji-geum eon-geu-pal ssu-ga eop-sseum-ni-da.

不好意思，但是現在我還無法針對這個問題給您答覆。

● 저희는 거기에 대한 책임이 없습니다.

jeo-hi-neun geo-gi-e dae-han chae-gi-mi eop-sseum-ni-da.

我們對於那裡的問題、事件無須負責任。

● 파손된 물품들을 저희에게 반송해 주시겠습니까?

pa-son-doen mul-pum-deu-reul jjeo-hi-e-ge ban-song-hae ju-si-get-sseum-ni-kka?

您們可以把破損的產品寄還給我們嗎?

● 당신이 그걸 찾으러 오시겠습니까?

dang-si-ni geu-geol cha-jeu-reo o-si-get-sseum-ni-kka?

您是為了尋找那個而過來的吧?

商務談判以
及簽訂契約

● 누굴 보내서 그것을 찾아가시겠습니까?

nu-gul bo-nae-seo geu-geo-seul cha-ja-ga-si-get-sseum-ni-kka?

是否可以請您們派人過來這裡,拿走這產品呢?

● 거기에 도착하는 대로 전화를 주세요.

geo-gi-e do-cha-ka-neun dae-ro jeon-hwa-reul jju-se-yo.

您到了之後,請馬上打電話給我。

● 어렵다는 것은 알지만 그렇게 해 주시면 감사하겠습니다.

eo-ryeop-tta-neun geo-seun al-jji-man geu-reo-ke hae ju-si-myeon gam-sa-ha-get-sseum-ni-da.

我知道這有點困難、為難,但是如果您能這麼做的話,我們真的
會很感激您的。

● 서명하기 전에 반드시 파손 여부에 관한 모든 걸 확인하세요.

seo-myeong-ha-gi jeo-ne ban-deu-si pa-son yeo-bu-e gwan-han mo-deun geol hwa-gin-ha-se-yo.

在您簽名之前，一定要確定一下產品是否有破損。

● 이 달 말까지는 결제해 드리겠습니다.

i dal mal-kka-jji-neun gyeol-je-hae deu-ri-get-sseum-ni-da.

我會在這個月底清算完所有的費用。

● 배상 청구서를 보내겠습니다.

bae-sang cheong-gu-seo-reul ppo-nae-get-sseum-ni-da.

我把賠償的請款單寄給您。

CHAPTER 5
意見表達以
及會議討論

做生意應該基於誠信，除此之外還有交易的原則，本持你情我願，勿佔人便宜的前提，生意才能長久。因此適當地表達自己的意見進行溝通是很重要的一環，若自己對於交易內容有所意見時，也應該要當機立斷陳述出來。在這一章節，從商業會議的開場、表達自己的意見以及完美的結束一場商談會議，學完此篇單元對話，各位一定能在正式的商場會議上，適當表達出自己的意見來進行溝通、交流。

CHAPTER 5
意見表達以及會議討論

陳先生在韓國客戶面前進行業務簡報。

((●)) 28

안녕하십니까? 진경덕입니다. 이번에 저의 전체 업무발표는 20(이십) 분정도 걸릴 것입니다.

an-nyeong-ha-sim-ni-kka? jin-gyeong-deo-gim-ni-da. i-beo-ne jeo-ui jeon-che eom-mu-bal-pyo-neun 20(i-sip)bun-jeong-do geol-lil geo-sim-ni-da.

이 업무발표의 끝에, 5(오) 분의 질의응답 시간이 있을 것입니다. 제가 발표하는 내용을 분명히 하고 싶으실 때는 발표 중 언제라도 말씀해 주시길 부탁드립니다.

i eom-mu-bal-pyo-ui kkeu-te, 5(o)bu-nui ji-rui-eung-dap si-ga-ni i-sseul kkeo-sim-ni-da.

je-ga bal-pyo-ha-neun nae-yong-eul ppun-myeong-hi ha-go si-peu-sil ttae-neun bal-pyo jung eon-je-ra-do mal-sseum-hae ju-si-gil bu-tak-tteu-rim-ni-da.

배포물의 1(일) 쪽에서 볼 수 있듯이, 제가 세 가지 제안에 대한 말씀을 드립니다.

bae-po-mu-rui 1(il)jjo-ge-seo bol su it-tteu-si, je-ga se ga-ji je-a-ne dae-han mal-sseu-meul tteu-rim-ni-da.

大家好,我是陳慶德,這次我的業務發表全部將會花費 20 分鐘左右,在此業務報告完之後,還有五分鐘的時間,和大家即席討論、問答,若各位對我發表的內容想要有更進一步了解的話,也歡迎大家在我發表的時候,隨時提出來討論。正如報告上的第一頁,即是我接下來要提出的三個提案。

超實用句子現學現賣

1 提出自己的意見 ((●)) 29

● 그 문제에 대해서 같이 검토를 했으면 합니다.
geu mun-je-e dae-hae-seo ga-chi geom-to-reul hae-sseu-myeon ham-ni-da.
我希望我們能一起檢討、討論那個問題。

意見表達以
及會議討論

● 우선 그 프로젝트부터 이야기합시다.
u-seon geu peu-ro-jek-teu-bu-teo i-ya-gi-hap-ssi-da.
首先,我們先從計畫這一部分討論起吧。

● 이만 본론으로 돌아갑시다.
i-man bol-lo-neu-ro do-ra-gap-ssi-da.
那麼,讓我們回到(商業交易)的正題吧。

● 제의에 대해 검토해 보시고, 내일 당신의 의견을 알려 주세요.
je-ui-e dae-hae geom-to-hae bo-si-go, nae-il dang-si-nui ui-gyeo-neul al-lyeo ju-se-yo.
請您對我們的提議做出討論之後,然後請您在明天通知、告訴我們吧。

● 이것은 단지 제 사견입니다.

i-geo-seun dan-ji je sa-gyeo-nim-ni-da.

這個只是我個人的意見。

● 해결책을 찾을 때까지 그 문제에 대해서 토의합니다.

hae-gyeol-chae-geul cha-jeul ttae-kka-ji geu mun-je-e dae-hae-seo to-ui-ham-ni-da.

讓我們繼續針對那問題進行檢討，直到發現解決對策。

● 다른 의견도 알아보겠습니다.

da-reun ui-gyeon-do a-ra-bo-get-sseum-ni-da.

我也來詢問有沒有其他的意見。

● 귀측의 제안은 없으신지요?

gwi-cheu-gui je-a-neun eop-sseu-sin-ji-yo?

您這邊沒有建議、提案嗎？

● 가 : 무슨 뾰족한 방법이 없을까요?

ga: mu-seun ppyo-jo-kan bang-beo-bi eop-sseul-kka-yo?

難道沒有好的對策了嗎？

나 : 연구 개발 부분을 강화해야 한다고 생각합니다.

na: yeon-gu gae-bal ppu-bu-neul kkang-hwa-hae-ya han-da-go saeng-ga-kam-ni-da.

我想，我們應該更集中、加強研究開發的部門。

● 해결책은 단 하나 , 이윤을 극대화하는 것입니다 .

hae-gyeol-chae-geun dan ha-na, i-yu-neul kkeuk-ttae-hwa-ha-neun

geo-sim-ni-da.

解決的方法只有一個，就是把利潤放大、極大化。

● 내 의견에 대해 어떻게 생각하세요 ?

nae ui-gyeo-ne dae-hae eo-tteo-ke saeng-ga-ka-se-yo?

您怎麼看待我（提出來）的意見？

● 그의 제안을 어떻게 처리할 건가요 ?

geu-ui je-a-neul eo-tteo-ke cheo-ri-hal kkeon-ga-yo?

您怎麼處理他（提出來）的提案呢？

● 가 : 좋은 생각이라도 떠오르세요 ?

ga: jo-eun saeng-ga-gi-ra-do tteo-o-reu-se-yo?

您沒有（浮現）任何好的點子、想法嗎？

나 : 생각이 떠올랐어요 .

na: saeng-ga-gi tteo-ol-la-sseo-yo.

我想到了。

我有好主意了。

● 그것의 어떤 점이 좋았습니까 ?

geu-geo-sui eo-tteon jeo-mi jo-at-sseum-ni-kka?

您中意（此提案的）哪一個部分？

● 무슨 근거로 그렇게 확신하죠 ?

mu-seun geun-geo-ro geu-reo-ke hwak-ssin-ha-jyo?

您是憑怎麼樣的根據這麼確信的 ?

● 무슨 말씀을 하시려는 건지 알려 주시겠습니까 ?

mu-seun mal-sseu-meul ha-si-ryeo-neun geon-ji al-lyeo ju-si-get-sseum-ni-kka?

可以告訴我，您想表達的意思是什麼嗎 ?

● 그것에 대해서는 별로 의견이 없습니다 .

geu-geo-se dae-hae-seo-neun byeol-lo ui-gyeo-ni eop-sseum-ni-da.

我對那個 (提案、看法) 沒有意見。

● 그거 좋은 생각이군요 .

geu-geo jo-eun saeng-ga-gi-gu-nyo.

那真的是個好想法。

● 그게 훨씬 좋은데요 .

geu-ge hwol-ssin jo-eun-de-yo.

那個 (提議) 更好。

● 일리가 있는 말입니다 .

il-li-ga in-neun ma-rim-ni-da.

您說的很有道理。

您的話有道理。

● 당신의 의견은 내 의견과 비슷하군요 .

dang-si-nui ui-gyeo-neun nae ui-gyeon-gwa bi-seu-ta-gu-nyo.

您的意見和我的意見相似。

● 당신 추측이 딱 맞았어요 .

dang-sin chu-cheu-gi ttak ma-ja-sseo-yo.

（事情）和您所推測的剛好一樣。

● 당신 판단에 맡길게요 .

dang-sin pan-da-ne mat-kkil-ge-yo.

我把（對此事情）判斷權力交付給您。

● 결정을 잘하셨습니다 .

gyeol-jeong-eul jjal-ha-ssyeot-sseum-ni-da.

您做了一個很好的決定。

您的決定是正確的。

意見表達以
及會議討論

● 한 말씀 드려도 될까요 ?

han-mal-sseum deu-ryeo-do doel-kka-yo?

我可以插上一句話嗎？

我可以稍微提出我個人的意見嗎？

● 마지막으로 한 말씀 드리겠습니다 .

ma-ji-ma-geu-ro han-mal-sseum deu-ri-get-sseum-ni-da.

最後，我以一句話總結。

我以（下面要説的話）當作結論。

● 말씀 중에 미안하지만, 한마디 하겠습니다.

mal-sseum jung-e mi-an-ha-ji-man, han-ma-di ha-get-sseum-ni-da.

打斷您的話真不好意思，但是我想要補充一下。

● 이것은 단지 제 사견입니다.

i-geo-seun dan-ji je sa-gyeo-nim-ni-da.

這個只不過是我個人的意見。

● 중대한 일이 일어났기 때문에 이에 관해 말씀 드리고 싶은데요.

jung-dae-han i-ri i-reo-nat-kki ttae-mu-ne i-e gwan-hae mal-sseum deu-ri-go si-peun-de-yo.

因為有重大的後果、衝擊產生，所以我想針對此（事件）說幾句話。

● 직접적으로 말씀 드리면,~~

jik-jjeop-jjeo-geu-ro mal-sseum deu-ri-myeon,~~

坦白地說，就是……

● 그것은 사실일지 모르지만, 제가 알기로는 ~~

geu-geo-seun sa-si-ril-ji mo-reu-ji-man, je-ga al-kki-ro-neun~~

我不知道事實是這樣的，我知道的是……

● 일괄하여 말하기는 곤란하지만, ~~

il-gwal-ha-yeo mal-ha-kki-neun gol-lan-ha-ji-man, ~~

一時之間雖然很難把事情說明白，但是……

※ 有更多有關於「轉折語」的文法，請參閱敝人另外一本拙作《簡單快樂韓國語 2》（統一出版社）

● 솔직히 말씀 드리면 ~~

sol-jji-ki mal-sseum deu-ri-myeon~~

坦白直接地説，就是……

説白一點，就是……

2 在商業會議討論過程中常常出現的用語（一） ((●)) 30

● 가 : 그들과의 회의를 위해 일정을 잡아야 합니다 .

ga: geu-deul-kkwa-ui hoe-ui-reul wi-hae il-jeong-eul jja-ba-ya ham-ni-da.

我們必須要安排時間和他們開會。

나 : 알겠습니다 . 회의를 주선하기 위해 그들에게 전화를 하겠습니다 .

na: al-kket-sseum-ni-da. hoe-ui-reul ju-seon-ha-gi wi-hae geu-deu-re-ge jeon-hwa-reul ha-get-sseum-ni-da.

我知道了，為了能妥善安排會議，我會打電話給他們確認時間。

意見表達以
及會議討論

● 가 : 회의 준비는 어떻게 되어가고 있어요 ?

ga: hoe-ui jun-bi-neun eo-tteo-ke doe-eo-ga-go i-sseo-yo?

會議準備進行得怎麼樣 ?

나 : 사실상 , 준비는 다 끝나서 실제로 회의할 일만 남았어요 .

na: sa-sil-sang, jun-bi-neun da kkeun-na-seo sil-je-ro hoe-ui-hal il-man na-ma-sseo-yo.

説真的，準備已經都結束了，現在只等會議召開。

● 가 : 어디서 회의하기를 원해요 ?

ga: eo-di-seo hoe-ui-ha-gi-reul won-hae-yo?

您希望在哪裡召開會議 ?

나 : 430(사백삼십) 호실에서요 .

na: 430(sa-baek-ssam-sip)ho-si-re-seo-yo.

430 號房間。

● 가 : 몇 시에 회의하기를 원하세요 ?

ga: myeot si-e hoe-ui-ha-gi-reul won-ha-se-yo?

您希望會議時間在幾點召開？

나 : 언제라도 좋습니다 . 사실 , 이를수록 좋아요 .

na: eon-je-ra-do jo-sseum-ni-da. sa-sil, i-reul-ssu-rok jo-a-yo.

什麼時候都可以，事實上，越快召開越好。

● 가 : 다음 주에 일단 잠정적 구매자들과 회합이 있어요 .

ga: da-eum ju-e il-dan jam-jeong-jeok gu-mae-ja-deul-kkwa hoe-ha-bi

i-sseo-yo.

下個禮拜，我們首先要跟暫定的買方召開個會議。

나 : 행운을 빌게요 .

na: haeng-u-neul ppil-ge-yo.

加油。

● 가 : 누가 회의에 참석할 것입니까 ?

ga: nu-ga hoe-ui-e cham-seo-kal kkeo-sim-ni-kka?

參加會議的人有誰？

나 : 제 사업 동료 몇 명이 참석할 것입니다. 물론, 잭스 씨를 대
신해서 당신이 회의에 참석해 줄 것 역시 기대합니다.

na: je sa-eop dong-nyo myeot myeong-i cham-seo-kal kkeo-sim-ni-
da. mul-lon, jaek-sseu ssi-reul ttae-sin-hae-seo dang-si-ni hoe-ui-e
cham-seo-kae jul geot yeok-ssi gi-dae-ham-ni-da.

有幾位我們事業的同伴，當然，我們也很期待代替傑克斯出席的
您一起參與會議。

● 가 : 회의실은 어디입니까?
ga: hoe-ui-si-reun eo-di-im-ni-kka?
會議室在哪裡？

나 : 10(십) 층입니다.
na: 10(sip)cheung-im-ni-da.
在十樓。

● 가 : 어떻게 회의실로 갑니까?
ga: eo-tteo-ke hoe-ui-sil-lo gam-ni-kka?
要怎麼到會議室呢？

나 : 10(십) 층까지 승장기를 타세요. 거기서 내리세요. 왼편으로
첫 번째 방입니다.

na: 10(sip)cheung-kka-ji seung-jang-gi-reul ta-se-yo. geo-gi-seo nae-ri-
se-yo. oen-pyeo-neu-ro cheot beon-jjae bang-im-ni-da.

先搭電梯到十樓，之後出了電梯門，左邊第一個房間就是了。

● 가 : 회의가 얼마나 걸릴까요 ?

　ga: hoe-ui-ga eol-ma-na geol-lil-kka-yo?

　會議時間大概多久 ?

　나 : 1(한) 시간 정도 걸릴 겁니다 .

　na: 1(han) si-gan jeong-do geol-lil geom-ni-da.

　大約花一個小時左右。

● 가 : 몇 시에 회의가 시작합니까 ?

　ga: myeot si-e hoe-ui-ga si-ja-kam-ni-kka?

　會議幾點開始呢 ?

　나 : 10 시에 시작합니다 .

　na: 10si-e si-ja-kam-ni-da.

　十點開始。

● 가 : 몇 시에 회의가 끝납니까 ?

　ga: myeot si-e hoe-ui-ga kkeun-nam-ni-kka?

　會議幾點結束 ?

　나 : 10(열) 시 30(삼십) 분에 끝납니다 .

　na: 10(yeol)si 30(sam-sip)bu-ne kkeun-nam-ni-da.

　十點半結束。

● 가 : 회의 일정이 변경됐어요 . 내일 아침 10(열) 시 대신 9(아홉)
　　시에 회의를 할 겁니다 .

　　ga: hoe-ui il-jeong-i byeon-gyeong-dwae-sseo-yo. nae-il a-chim 10(yeol)
　　si dae-sin 9(a-hop)si-e hoe-ui-reul hal kkeom-ni-da.

　　會議日程有所變動了，明天早上十點的會議提前到九點開始。

　　나 : 그렇다면 , 저도 일정을 변경해야겠군요 .

　　na: geu-reo-ta-myeon, jeo-do il-jeong-eul ppyeon-gyeong-hae-ya-get-
　　kku-nyo.

　　是喔，那麼我的行程表也要變動才行。

● 가 : 회의가 다시 연기됐어요 .

　　ga: hoe-ui-ga da-si yeon-gi-dwae-sseo-yo.

　　會議再一次延期了。

　　나 : 또요 ? 다시 한번 일정을 재조정해야겠군요

　　na: tto-yo? da-si han-beon il-jeong-eul jjae-jo-jeong-hae-ya-get-kku-nyo.

　　又延期了？這樣我又要再一次規劃我的行程表了。

● 가 : 언제가 당신이 회의하기에 가장 편리한 때입니까 ?

　　ga: eon-je-ga dang-si-ni hoe-ui-ha-gi-e ga-jang pyeol-li-han ttae-im-ni-
　　kka?

　　在哪個時間召開會議對您最方便呢？

　　나 : 제 일정을 볼게요 .

　　na: je il-jeong-eul ppol-ge-yo.

　　我看一下我的行程表。

● 가 : 우리가 회의에 너무 일찍 왔다고 생각해요 .

ga: u-ri-ga hoe-ui-e neo-mu il-jjik wat-tta-go saeng-ga-kae-yo.

我想我們太早到會議場地了。

나 : 늦는 것보다는 낫지요 .

na: neun-neun geot bo-da-neun nat-jji-yo.

早到總比遲到好。

● 가 : 서두릅시다 . 우리가 제 시간에 회의에 갈지 모르겠네요 .

ga: seo-du-reup-ssi-da. u-ri-ga je si-ga-ne hoe-ui-e gal-jji mo-reu-gen-ne-yo.

快一點，我不確定我們能否趕上時間參加會議。

나 : 걱정 말아요 . 아직도 제 시간에 맞추어 거기에 갈 시간이 충분해요 .

na: geok-jjeong-ma-ra-yo. a-jik-tto je si-ga-ne mat-chu-eo geo-gi-e gal ssi-ga-ni chung-bun-hae-yo.

不要擔心，我們還有足夠的時間可以趕上會議。

● 가 : 회의 안건이 무엇입니까 ?

ga: hoe-ui an-geo-ni mu-eo-sim-ni-kka?

這次會議的提案是什麼？

나 : 좀 더 효과적인 마케팅 전략을 찾는 겁니다 .

na: jom deo hyo-gwa-jeo-gin ma-ke-ting jeol-lya-geul chan-neun geom-ni-da.

尋找更有效果的市場開發策略。

● 가 : 회의 목표가 무엇입니까 ?

ga: hoe-ui mok-pyo-ga mu-eo-sim-ni-kka?

這次會議的目標是什麼？

나 : 회의 목표는 이 문제를 처리하기 위한 가장 효율적인 방법에
대해 중지를 모으는 것입니다 .

na: hoe-ui mok-pyo-neun i mun-je-reul cheo-ri-ha-gi wi-han ga-jang hyo-
yul-jeo-gin bang-beo-be dae-hae jung-ji-reul mo-eu-neun geo-sim-ni-da.

這次開會的目標，就是大家集思廣益地尋求最有效的方法來解決此
問題。

● 가 : 다 오셨어요 ?

ga: da o-syeo-sseo-yo?

全部都來了吧？

意見表達以
及會議討論

나 : 네 , 회의를 시작합시다 .

na: ne, hoe-ui-reul ssi-ja-kap-ssi-da.

是的，那麼我們就開始進行會議了。

● 가 : 우선 , 오늘 토의의 주요 의제를 요약하고 싶습니다 .

ga: u-seon, o-neul to-ui-ui ju-yo ui-je-reul yo-ya-ka-go sip-sseum-ni-da.

首先，我先摘要説明今天會議中要討論的主要議題。

나 : 좋습니다 .

na: jo-sseum-ni-da.

好的。

● 가 : 안건의 첫 항목은 무엇입니까?

ga: an-geo-nui cheot hang-mo-geun mu-eo-sim-ni-kka?

提案的第一個項目是什麼?

나 : 안건의 첫 항목은 마케팅입니다.

na: an-geo-nui cheot hang-mo-geun ma-ke-ting-im-ni-da.

提案的第一個項目是市場開發。

● 가 : 안건의 첫 항목을 논의합시다.

ga: an-geo-nui cheot hang-mo-geul no-nui-hap-ssi-da.

那麼我們就來討論提案的第一個項目吧。

나 : 좋습니다.

na: jo-sseum-ni-da.

好的。

● 가 : 지금까지 질문 있습니까?

ga: ji-geum-kka-ji jil-mun it-sseum-ni-kka?

到目前為止,有沒有任何問題?

나 : 아니요. 다음 항목을 진행합시다.

na: a-ni-yo. da-eum hang-mo-geul jjin-haeng-hap-ssi-da.

沒有,讓我們進行下一項討論吧。

● 가 : 다음 항목은 무엇입니까?

ga: da-eum hang-mo-geun mu-eo-sim-ni-kka?

下一個項目是什麼?

168

나 : 다음 항목은 재정입니다 . 그러나 그것에 대해 말하기 전에 ,
지금까지 우리가 논의한 것을 요약하고 싶습니다 .

na: da-eum hang-mo-geun jae-jeong-im-ni-da. geu-reo-na geu-geo-se
dae-hae mal-ha-kki jeo-ne, ji-geum-kka-ji u-ri-ga no-nui-han geo-seul
yo-ya-ka-go sip-sseum-ni-da.

下一個項目是財務問題。但是在討論此項目前,我想先摘要說明一
下我們之前討論過的事項。

● 오히려 이게 나아요 .
o-hi-ryeo i-ge na-a-yo.
這個(意見、提案)反而比較好。

● 모든 것은 당신의 결정에 달려 있어요 .
mo-deun geo-seun dang-si-nui gyeol-jeong-e dal-lyeo i-sseo-yo.
所有的事情都是依著您的決定(而不同)。

意見表達以
及會議討論

● 당신이 원하는 대로 결정하세요 .
dang-si-ni won-ha-neun dae-ro gyeol-jeong-ha-se-yo.
您就照著您的心意、所願而做決定吧。

● 틀림없습니다 .
teul-li-meop-sseum-ni-da.
沒有錯的。

● 맞습니다 .
mat-sseum-ni-da.
對的、正確的、當然。

● 가 : 질문 있습니까 ?

ga: jil-mun it-sseum-ni-kka?

有問題、疑問嗎？

나 : 네 , 있습니다 .

na: ne, it-sseum-ni-da.

是，有的。

● 가 : 의견 있습니까 ?

ga: ui-gyeon it-sseum-ni-kka?

有意見、看法嗎？

나 : 네 , 있습니다 .

na: ne, it-sseum-ni-da.

是，有的。

● 가 : 제안이 있습니까 ?

ga: je-a-ni it-sseum-ni-kka?

有提案、建議嗎？

나 : 네 , 있습니다 .

na: ne, it-sseum-ni-da.

是，有的。

● 가 : 의견을 말하고 싶습니다 .

ga: ui-gyeo-neul mal-ha-kko sip-sseum-ni-da.

我想說一下我的意見。

나 : 말씀하세요 .

na: mal-sseum-ha-se-yo.

請說吧。

● 가 : 다시 말씀해 주시겠습니까 ?

ga: da-si mal-sseum-hae ju-si-get-sseum-ni-kka?

能再說一遍嗎 ?

나 : 알겠습니다 .

na: al-kket-sseum-ni-da.

好的。

● 가 : 당신의 요점을 좀 더 자세히 설명할 수 있어요 ?

ga: dang-si-nui yo-jeo-meul jjom deo ja-se-hi seol-myeong-hal ssu
i-sseo-yo?

您能再具體說明一下您的重點嗎 ?

意見表達以
及會議討論

나 : 네 .

na: ne.

好的。

● 가 : 어디 봅시다 . 제가 무슨 말하고 있었죠 ?

ga: eo-di bop-ssi-da. je-ga mu-seun mal-ha-kko i-sseot-jjyo?

等一下讓我看看，我剛剛說到哪裡了 ?

나：차입금에 의한 회사매수에 대해 말하고 있었어요.

na: cha-ip-kkeu-me ui-han hoe-sa-mae-su-e dae-hae mal-ha-kko i-sseo-sseo i-sseo-sseo-yo.

剛剛說到有關於融資合併公司那一部份。

● 가：다시 논제로 돌아갑시다.

ga: da-si non-je-ro do-ra-gap-ssi-da.

那麼我們再回到主題吧。

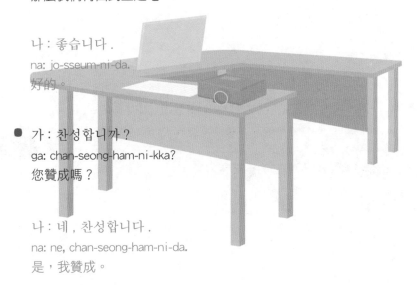

나：좋습니다.

na: jo-sseum-ni-da.

好的。

● 가：찬성합니까?

ga: chan-seong-ham-ni-kka?

您贊成嗎？

나：네, 찬성합니다.

na: ne, chan-seong-ham-ni-da.

是，我贊成。

● 그것에 대해 확신합니다.

geu-geo-se dae-hae hwak-ssin-ham-ni-da.

我確定。

我敢保證這絕對沒問題。

● 전적으로 찬성입니다.

jeon-jeo-geu-ro chan-seong-im-ni-da.

我舉雙手贊成。

我全部支持、贊成。

● 동의합니다.

dong-ui-ham-ni-da.

我同意、沒異議。

● 가 : 찬성합니까?

ga: chan-seong-ham-ni-kka?

您贊成嗎?

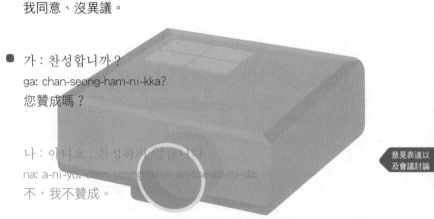

나 : 아니요. 찬성하지 않습니다.

na: a-ni-yo. chan-seong-ha-ji an-sseum-ni-da.

不,我不贊成。

意見表達以
及會議討論

● 가 : 모든이가 그것에 대해 당신과 동의할 것인지 정말 확신이 안
갑니다.

ga: mo-deu-ni-ga geu-geo-se dae-hae dang-sin-gwa dong-ui-hal geo-
sin-ji jeong-mal hwak-ssi-ni an-gam-ni-da.

我不太確定大家是否都贊成您所說的。

나 : 그러면, 그것에 대한 당신의 의견은 어떻습니까?

na: geu-reo-myeon, geu-geo-se dae-han dang-si-nui ui-gyeo-neun eo-
tteo-sseum-ni-kka?

那麼,您的意見又是怎麼樣呢?

● 가 : 대단히 괜찮게 들립니다. 하지만 정말 이 계획이 생산적인 것
인가 하는 의문이 듭니다.

ga: dae-dan-hi gwaen-chan-ke deul-lim-ni-da. ha-ji-man jeong-mal i gye-
hoe-gi saeng-san-jeo-gin geo-sin-ga ha-neun ui-mu-ni deum-ni-da.

聽起來是不錯的想法，但是我懷疑這個計畫是否真具有生產力。

나 : 왜 그리 생각하는지 말해줄 수 있어요?

na: wae geu-ri saeng-ga-ka-neun-ji mal-hae-jjul su i-sseo-yo?

您能告訴我，為什麼會讓您有這樣的想法呢？

● 가 : 모든이가 이것에 대해 다른 의견을 갖고 있다고 생각해요.

ga: mo-deu-ni-ga i-geo-se dae-hae da-reun ui-gyeo-neul kkat-kko it-
tta-go saeng-ga-kae-yo.

我想大家對於此議題有不同的意見。

나 : 나도 그렇게 생각합니다. 더 진행하기 전에 먼저 이 문제를 해
결하는 것이 어떻습니까?

na: na-do geu-reo-ke saeng-ga-kam-ni-da. deo jin-haeng-ha-gi jeo-ne
meon-jeo i mun-je-reul hae-gyeol-ha-neun geo-si eo-tteo-sseum-ni-kka?

我也是這麼想的，那麼繼續往下進行討論前，先解決此問題如何？

● 가 : 5(오)분간 쉽시다.

ga: 5(o)bun-gan swip-ssi-da.

休息五分鐘。

나 : 좋습니다.

na: jo-sseum-ni-da.

好的。

● 전적으로 반대합니다.

jeon-jeo-geu-ro ban-dae-ham-ni-da.

我全面否定、不贊成。

● 당신이 크게 틀렸어요.

dang-si-ni keu-ge teul-lyeo-sseo-yo.

您犯了一個很大的錯誤、決定。

● 그의 의견은 보수적입니다.

geu-ui ui-gyeo-neun bo-su-jeo-gim-ni-da.

他的意見太保守。

● 엄격히 말하면 그건 정확하지 않아요.

eom-gyeo-ki mal-ha-myeon geu-geon jeong-hwa-ka-ji a-na-yo.

嚴格說起來，那樣並不妥當、正確。

意見表達以
及會議討論

● 그렇게 하지 맙시다.

geu-reo-ke ha-ji map-ssi-da.

請不要那樣做。

● 그 얘기에는 찬성을 못하겠습니다.

geu yae-gi-e-neun chan-seong-eul mo-ta-get-sseum-ni-da.

我無法認同那個意見。

● 당신이 하는 방식은 참을 수가 없습니다.

dang-si-ni ha-neun bang-si-geun cha-meul ssu-ga eop-sseum-ni-da.

我無法忍受您的做法、處理態度。

● 그 문제에 관해서는 한치도 양보하지 않을 겁니다.

geu mun-je-e gwan-hae-seo-neun han-chi-do yang-bo-ha-ji a-neul kkeom-ni-da.

我在那一個(問題點)上,絕對無法退讓半步。

● 그것은 견해상의 문제입니다.

geu-geo-seun gyeon-hae-sang-ui mun-je-im-ni-da.

那是屬於見解、角度上的問題。

● 상황에 따라 다르죠.

sang-hwang-e tta-ra da-reu-jyo.

情勢不同,決定(方法)也不同。

● 글쎄요, 물론 그게 무엇이냐에 달렸죠.

geul-sse-yo, mul-lon geu-ge mu-eo-si-nya-e dal-lyeot-jjyo.

嗯,當然要看是什麼問題才能決定(解決對策)啊。

● 당신의 견해를 존중하지만,~~

dang-si-nui gyeon-hae-reul jjon-jung-ha-ji-man,~~

我尊重您的想法、意見,但是……

● 제 말이 틀릴지 모르지만 , ~~

je ma-ri teul-lil-ji mo-reu-ji-man, ~

我不知道我說的話妥不妥當，但是……

● 그럴 수도 있지만 , ~~

geu-reol su do it-jji-man, ~

雖然（事情）有可能會發展成那樣，但是……

● 당신 말도 일리가 있지만 , ~~

dang-sin mal-tto il-li-ga it-jji-man, ~

雖然我認為您說的很有道理，但是……

● 참고로 말씀드릴까요 ?

cham-go-ro mal-sseum-tteu-ril-kka-yo?

我可以提供幾點給您作參考嗎？

意見表達以
及會議討論

● 하시는 말씀 이해합니다만 , ~~

ha-si-neun mal-sseum i-hae-ham-ni-da-man,~

雖然我能了解您說的話，但是……

3 在商業會議討論過程中常常出現的用語（二） ((●)) **31**

● 참고로 말씀드릴까요 ?

cham-go-ro mal-sseum-tteu-ril-kka-yo?

我可以提供幾點給您作參考嗎？

● 어디서 그런 얘기를 들었어요?

eo-di-seo geu-reon yae-gi-reul tteu-reo-sseo-yo?

您在哪裡聽到那消息的呢?

● 소문을 통해 들었어요.

so-mu-neul tong-hae deu-reo-sseo-yo.

我是聽別人說的。

有風聲、消息傳出來的。

● 무슨 근거로 그런 말씀을 하십니까?

mu-seun geun-geo-ro geu-reon mal-sseu-meul ha-sim-ni-kka?

您有什麼根據講出那種話?

● 그 모든 정보를 어디에서 입수했습니까?

geu mo-deun jeong-bo-reul eo-di-e-seo ip-ssu-haet-sseum-ni-kka?

您從哪裡得知所有情報、資訊的呢?

● 여러분께 보여 드릴 몇 개의 차트가 있습니다.

yeo-reo-bun-kke bo-yeo deu-ril myeot gae-ui cha-teu-ga it-sseum-ni-da.

我有幾個(說明的)圖表要給大家看。

● 이 그래프는 최근 판매 수치를 보여 줍니다.

i geu-rae-peu-neun choe-geun pan-mae su-chi-reul ppo-yeo jum-ni-da.

這圖表可以顯示出我們最近的銷售數值。

● 제가 여러분께 미리 나누어 드린 그래프를 참고 하십시오 .

je-ga yeo-reo-bun-kke mi-ri na-nu-eo deu-rin geu-rae-peu-reul cham-go
ha-sip-ssi-o.

我事先準備幾個圖表要提供給各位作參考。

● 그것은 자명합니다 .

geu-geo-seun ja-myeong-ham-ni-da.

這個是沒有疑慮的、正確的（看法）。

● 제가 옳았다는 것이 판명되었어요 .

je-ga o-rat-tta-neun geo-si pan-myeong-doe-eo-sseo-yo.

我的意見已被證明是正確的。

● 결과가 우리가 예상한 대로 되었어요 .

gyeol-gwa-ga u-ri-ga ye-sang-han dae-ro doe-eo-sseo-yo.

結果如我們預期。

意見表達以
及會議討論

● 그럴 줄 알았어요 .

geu-reol jul a-ra-sseo-yo.

我已經知道事情會變成那樣了。

● 그것이 바로 문제의 초점입니다 .

geu-geo-si ba-ro mun-je-ui cho-jeo-mim-ni-da.

那個就是問題的重心、關鍵點。

● 저에게 선택권을 주세요.

jeo-e-ge seon-taek-kkwo-neul jju-se-yo.

請把決定權給我。

讓我決定吧。

● 그 계획을 완수할 작정입니다.

geu gye-hoe-geul wan-su-hal jjak-jjeong-im-ni-da.

我打算完成那個計畫。

● 제 입장에서 생각해 보세요.

je ip-jjang-e-seo saeng-ga-kae bo-se-yo.

請換到我的立場想一想。

請替我想一想。

● 그 정도가 타당할 겁니다.

geu jeong-do-ga ta-dang-hal kkeom-ni-da.

（您提出來的意見）算是滿合理的。

● 제가 말한 것을 알아들으셨습니까?

je-ga mal-han geo-seul a-ra-deu-reu-syeot-sseum-ni-kka?

您有聽懂我所要表達、説明的（事情）嗎？

● 우리는 유리한 입장에 서 있어요.

u-ri-neun yu-ri-han ip-jjang-e-seo i-sseo-yo.

我們是在有利的立場上。

我們佔有優勢。

● 당신의 제안을 그가 받아들이도록 하겠어요.

dang-si-nui je-a-neul kkeu-ga ba-da-deu-ri-do-rok ha-ge-sseo-yo.

我會（盡力說服）讓他接受您的提議的。

● 그의 견해를 타진해 보시죠?

geu-ui gyeon-hae-reul ta-jin-hae bo-si-jyo?

您有打聽過他的看法、建議了嗎？

● 말씀하신 것은 알겠지만 사정은 조금씩 바뀌고 있습니다.

mal-sseum-ha-sin geo-seun al-kket-jji-man sa-jeong-eun jo-geum-ssik ba-kkwi-go it-sseum-ni-da.

您所說的我們都知道，但情況有些改變。

● 당신은 시키는 대로만 하면 됩니다.

dang-si-neun si-ki-neun dae-ro-man ha-myeon doem-ni-da.

您只要照著命令做就可以。

● 제 말의 취지는 그런 것이 아닙니다.

je ma-rui chwi-ji-neun geu-reon geo-si a-nim-ni-da.

我想要表達的不是那個意思。

您誤會我的意思了。

● 적절한 말이 생각나지 않는군요.

jeok-jjeol-han ma-ri saeng-gang-na-ji an-neun-gu-nyo.

我想不到恰當的表達方式。

● 제가 어디까지 얘기했죠?

je-ga eo-di-kka-ji yae-gi-haet-jjyo?

我剛剛談論到哪裡了？

● 뭐라고 말해야 할까요?

mwo-ra-go mal-hae-ya hal-kka-yo?

我真不知道要說什麼？

我們會談似乎沒有共識。

● 얘기를 꺼내면 길어요.

yae-gi-reul kkeo-nae-myeon gi-reo-yo.

說來話長。

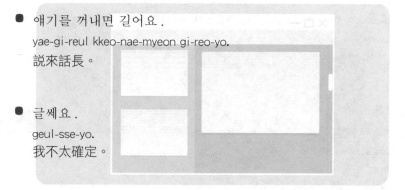

● 글쎄요.

geul-sse-yo.

我不太確定。

● 대답을 하기 전에 생각 좀 해 볼게요.

dae-da-beul ha-gi jeo-ne saeng-gak jom hae bol-ge-yo.

在回答之前，請讓我想一想。

● 지금 그 문제를 끄집어내야 한다고는 생각하지 않습니다.

ji-geum geu mun-je-reul kkeu-ji-beo-nae-ya han-da-go-neun saeng-ga-ka-ji an-sseum-ni-da.

我不認為現在是討論這個問題的時候。

4 **商業會議結論的表現用語** ((●)) **32**

● 귀추를 보고 결정하도록 합시다 .

gwi-chu-reul ppo-go gyeol-jeong-ha-do-rok hap-ssi-da.

讓我們靜觀其變後再來決定吧。

● 잠시 현실적으로 생각해 봅시다 .

jam-si hyeon-sil-jeo-geu-ro saeng-ga-kae bop-ssi-da.

我們先暫時思考一下現實面的問題吧。

● 잠시 상황을 지켜 봅시다 .

jam-si sang-hwang-eul jji-kyeo bop-ssi-da.

我們暫時先來看看情勢的發展（再決定吧）。

● 결과가 나올 때까지 두고 봅시다 .

gyeol-gwa-ga na-ol ttae-kka-ji du-go bop-ssi-da.

在結果出來之前，我們先觀望看看吧。

意見表達以
及會議討論

● 그건 여러 각도에서 고찰할 필요가 있어야 합니다 .

geu-geon yeo-reo gak-tto-e-seo go-chal-hal pi-ryo-ga i-sseo-ya ham-ni-da.

對於那件事，我們必須要從各個角度考察、檢查才行。

● 어떻게 할 것인가를 우리는 신중히 결정해야 합니다 .

eo-tteo-ke hal kkeo-sin-ga-reul u-ri-neun sin-jung-hi gyeol-jeong-hae-

ya ham-ni-da.

我們必須慎重決定到底要怎麼做才行。

● 결심하기에는 너무 일러요.

gyeol-sim-ha-gi-e-neun neo-mu il-leo-yo.

下決定太早、太快了。

● 머리를 짜서 생각해 보세요.

meo-ri-reul jja-seo saeng-ga-kae bo-se-yo.

好好慎重地考慮吧。

● 며칠 동안 생각할 시간을 좀 주세요.

myeo-chil dong-an saeng-ga-kal ssi-ga-neul jjom ju-se-yo.

請稍微給我幾天考慮的時間。

● 한가한 시간에 천천히 생각해 볼게요.

han-ga-han si-ga-ne cheon-cheon-hi saeng-ga-kae bol-ge-yo.

還有時間，我會慢慢考慮看看（您的意見、提案）的。

● 그것에 대해서는 그에게 확인을 해 봐야겠어요.

geu-geo-se dae-hae-seo-neun geu-e-ge hwa-gi-neul hae bwa-ya-ge-sseo-yo.

關於那件事，我們必須跟他做確認。

● 그 건에 대해선 저희 사장님과 상의를 해야 합니다.

geu geo-ne dae-hae-seon jeo-hi sa-jang-nim-gwa sang-ui-reul hae-ya ham-ni-da.

對於那件事，我必須要跟我們老闆商討過後才知道（是否可以）。

● 이 건에 대해서는 언제라도 편리한 시간에 가서 상의 드리겠습니다.

i geo-ne dae-hae-seo-neun eon-je-ra-do pyeol-li-han si-ga-ne ga-seo sang-ui deu-ri-get-sseum-ni-da.

對於此，在您方便的時間，我們隨時都可以見面商量。

● 천천히 생각해 보시고 되는 대로 연락을 주십시오.

cheon-cheon-hi saeng-ga-kae bo-si-go doe-neun dae-ro yeol-la-geul jju-sip-ssi-o.

請您好好考慮，可行的話就馬上跟我聯絡。

● 좀 더 생각해 보세요.

jom deo saeng-ga-kae bo-se-yo.

請您再想一想。

意見表達以
及會議討論

● 가 : 회의를 계속합시다.

ga: hoe-ui-reul kkye-so-kap-ssi-da.

那麼我們繼續進行會議。

나 : 좋습니다.

na: jo-sseum-ni-da.

好的。

● 가 : 휴회합시다. 다음 회의에서 남은 논제들을 논의할 것입니다.

ga: hyu-hoe-hap-ssi-da. da-eum hoe-ui-e-seo na-meun non-je-deu-reul no-nui-hal kkeo-sim-ni-da.

我們先休會吧。下次會議時，我們再來討論剩下的議題。

나 : 좋습니다.

na: jo-sseum-ni-da.

好的。

● 가 : 더 논의할 것이 있습니까?

ga: deo no-nui-hal kkeo-si it-sseum-ni-kka?

還有要討論的議題嗎？

나 : 그게 다입니다.

na: geu-ge da-im-ni-da.

沒有了（這些就是全部了）。

● 가 : 회의를 끝냅시다.

ga: hoe-ui-reul kkeun-naep-ssi-da.

讓我們結束此次會議吧。

나 : 좋은 생각입니다.

na: jo-eun saeng-ga-gim-ni-da.

好主意。

● 가 : 회의는 어땠어요?

ga: hoe-ui-neun eo-ttae-sseo-yo?

會議結果如何？

나 : 매우 유익하고 결실이 있었어요 .

na: mae-u yu-i-ka-go gyeol-si-ri i-sseo-sseo-yo.

非常有意義而且收穫極大。

● 가 : 회의가 어떻게 진행됐어요 ?

ga: hoe-ui-ga eo-tteo-ke jin-haeng-dwae-sseo-yo?

會議進行得怎麼樣了？

나 : 제가 원래 기대했던 것보다 더 잘 진행됐어요 .

na: je-ga wol-lae gi-dae-haet-tteon geot-ppo-da deo jal jjin-haeng-dwae-sseo-yo.

比我之前預期的還要順利。

● 가 : 회의에서 모든 것이 잘 처리됐어요 ?

ga: hoe-ui-e-seo mo-deun geo-si jal cheo-ri-dwae-sseo-yo?

在會議上，所有的事情都處理好了嗎？

나 : 네 , 제가 의도한 대로 잘 처리됐어요 .

na: ne, je-ga ui-do-han dae-ro jal cheo-ri-dwae-sseo-yo.

是的，如我預想的，都處理好了。

● 가 : 회의에서 그 문제를 해결했습니까 ?

ga: hoe-ui-e-seo geu mun-je-reul hae-gyeol-haet-sseum-ni-kka?

在會議上，那個問題解決了嗎？

나 : 네 , 했습니다 . 이제 모든 것이 잘 관리되고 있습니다 .

na: ne, haet-sseum-ni-da. i-je mo-deun geo-si jal kkwal-li-doe-go it-sseum-ni-da.

是的，已經解決了，現在所有事物都在掌控之中。

● 가 : 다음회의는 언제입니까 ?

ga: da-eum-hoe-ui-neun eon-je-im-ni-kka?

下一次會議是何時？

나 : 아직 날짜를 정하지 않았습니다 .

na: a-jik nal-jja-reul jjeong-ha-ji a-nat-sseum-ni-da.

現在日期還沒有確定下來。

● 그건 예측하기가 어려워요 .

geu geon ye-cheu-ka-gi-ga eo-ryeo-wo-yo.

要預測發展趨勢很困難。

● 전혀 짐작이 안 가요 .

jeon-hyeo jim-ja-gi an ga-yo.

我沒有什麼好的見解、意見。

● 저는 아직 결정을 못했습니다 .

jeo-neun a-jik gyeol-jeong-eul mo-taet-sseum-ni-da.

我還無法下決定。

● 아무런 결정도 나지 않았습니다.

a-mu-reon gyeol-jeong-do na-ji a-nat-sseum-ni-da.

到現在還沒有任何決定出來。

● 그건 당신이 결정할 일이에요.

geu-geon dang-si-ni gyeol-jeong-hal i-ri-e-yo.

那是您要做決定的事情。

● 그건 그쯤에 해 두고 다른 문제로 넘어 갑시다.

geu geon geu-jjeu-me hae du-go da-reun mun-je-ro neo-meo gap-ssi-da.

我們先把那個問題擱下,先討論其他問題吧。

● 우리들의 주장과 토의는 지금까지 불협화음이었습니다.

u-ri-deu-rui ju-jang-gwa to-ui-neun ji-geum-kka-ji bul-hyeo-pwa-eu-mi-eot-sseum-ni-da.

我們的主張和商議,到目前為止還沒有達到一致的共識。

意見表達以及會議討論

● 결정은 다음 회의 때까지 보류되었습니다.

gyeol-jeong-eun da-eum hoe-ui ttae-kka-ji bo-ryu-doe-eot-sseum-ni-da.

到下次會議召開之前,才會有結論出來。

● 어려운 결정을 하셨군요.

eo-ryeo-un gyeol-jeong-eul ha-syeot-kku-nyo.

您真的做了一個很難的決定。

● 달리 방법이 없어요 .

dal-li bang-beo-bi eop-sseo-yo.

沒有其他方法了。

● 다른 뾰족한 수가 없는 것 같군요 .

da-reun ppyo-jo-kan su-ga eom-neun geot gat-kku-nyo.

好像沒有其他更好的對策了。

● 앞으로 30(삼십) 분 후에 회의를 마치도록 하겠습니다 .

a-peu-ro 30(sam-sip)bun hu-e hoe-ui-reul ma-chi-do-rok ha-get-sseum-ni-da.

我們會在 30 分鐘之內，結束這場會議討論。

● 그럼 회의를 마치겠습니다 .

geu-reom hoe-ui-reul ma-chi-get-sseum-ni-da.

那麼今天的會議就到這裡為止。

● 더 이상 없으면 이것으로 끝마치겠습니다 .

deo i-sang eop-sseu-myeon i-geo-seu-ro kkeun-ma-chi-get-sseum-ni-da.

如果沒有疑問的話，我們就這樣決定了。

● 다음에 계속합시다 .

da-eu-me gye-so-kap-ssi-da.

讓我們下次再繼續吧。

會話 2：
與客戶再度協商對話

金先生與客戶面對面談判訂
購單的價格。

((●)) 33

가 : 이번 주말까지 모든 걸 마무리 짓고 싶습니다 .

ga: i-beon ju-mal-kka-jji mo-deun geol ma-mu-ri jit-kko sip-sseum-ni-da.

我想要在這個週末之前把所有的事情、工作結束。

意見表達以
及會議討論

나 : 저도 그러고 싶지만 , 저의 사장님과 다시 상의를 해 봐야 합
니다 .

na: jeo-do geu-reo-go sip-jji-man, jeo-ui sa-jang-nim-gwa da-si sang-
ui-reul hae bwa-ya ham-ni-da.

我也想那麼做，但是我必須要再跟老闆討論看看才行。

가 : 우린 제자리걸음을 하고 있군요 . 자 , 서로 조금씩 양보합시다 .

ga: u-rin je-ja-ri-geo-reu-meul ha-go it-kku-nyo. ja, seo-ro jo-geum-ssik
yang-bo-hap-ssi-da.

那麼我們不要在原地踏步吧。嗯，這樣子好了，我們彼此都退一步吧。

나 : 그럼 타협안을 제시해도 될까요 ?

na: geu-reom ta-hyeo-ba-neul jje-si-hae-do doel-kka-yo?

那麼我建議我們重新協商，您覺得如何？

가 : 물론이죠 . 어서 말씀해 보세요 . 그게 뭐죠 ?

ga: mul-lo-ni-jyo. eo-seo mal-sseum-hae bo-se-yo. geu-ge mwo-jyo?

當然沒問題，快説説看，您想要（協商的內容）是什麼？

나 : 더 나은 가격으로 해 주셨으면 합니다 .

na: deo na-eun ga-gyeo-geu-ro hae ju-syeo-sseu-myeon ham-ni-da.

我希望您能給我更優惠的價格。

가 : 좋습니다 . 가격을 인하해 드리겠습니다 .

ga: jo-sseum-ni-da. ga-gyeo-geul in-ha-hae deu-ri-get-sseum-ni-da.

好的，那我再給您更優惠的折扣吧。

※ 更多有關於韓國語動詞的種類以及變化等文法，請參閱敝人另外一本拙作《韓國人天天都會用到的 500 動詞》（瑞蘭出版社）

CHAPTER 6
社交活動

除了日常的工作、談生意之外，我們不可忽略的就是和
同事之間，或者是和客戶之間私底下的交流，所以「社
交活動」在日常職場生活中也佔了很大的一部分，因此
在這一章節，特別闢了三大會話區，也就是吃飯和小酌、
看電影以及邀請他人參加派對等活動，在工作之餘，也
別忘記藉由這些社交活動來增進自己與同事之間的友誼
以及人際關係。

CHAPTER 6
社交活動

會話 1：
吃飯以及小酌

金先生與同事德里克先生一同
走出辦公大樓，詢問他今天上
班的情況。

((•)) 34

가 : 데렉 , 잘 지냈어 ? 오늘 어땠어 ?

ga: de-rek, jal ji-nae-sseo? o-neul eo-ttae-sseo?

過得好嗎，德里克？今天還可以吧？

나 : 나쁘지 않았어 . 너는 ?

na: na-ppeu-ji a-na-sseo. neo-neun?

還不錯啊，那你（今天過得怎麼樣）呢？

가 : 괜찮았어 . 근데 밥 먹었니 ? 오늘 밤 외식하지 않을래 ?

ga: gwaen-cha-na-sseo. geun-de bap meo-geon-ni? o-neul ppam oe-
si-ka-ji a-neul-lae?

我也還不錯，你吃飯了嗎？今天晚上不到外面吃嗎？

나 : 그러고 싶어 . 하지만 돈이 없어 .

na: geu-reo-go si-peo. ha-ji-man do-ni eop-sseo.

我也想啊，但是，沒有錢。

가 : 걱정 마 . 저녁 내가 살게 .

ga:geok-jjeong ma. jeo-nyeok nae-ga sal-kke.

別擔心，晚餐我請你。

나 : 근사하게 들리는데 . / 정말이야？고마워 .

na: geun-sa-ha-ge deul-li-neun-de. / jeong-ma-ri-ya？, go-ma-wo.

聽起來還不賴。 / 真的嗎？謝謝。

가 : 천만에 , 가자구 .

ga: cheon-ma-ne, ga-ja-gu.

沒什麼，走吧。

到了餐廳之後　(●) 35

社交活動

가 : 안녕하세요 . 주문하시겠어요？

ga: an-nyeong-ha-se-yo. ju-mun-ha-si-ge-sseo-yo?

您好，您要點菜嗎？

나 : 네 , 주문하겠습니다 .

na: ne, ju-mun-ha-get-sseum-ni-da.

是的，我要點菜。

195

가 : 알겠습니다 . 무엇을 드시겠어요 ?

ga: al-kket-sseum-ni-da. mu-eo-seul tteu-si-ge-sseo-yo?

好的，您要點什麼呢？

나 : 감자튀김을 곁들인 베이컨 치즈버거로 하겠어요 .

na: gam-ja-twi-gi-meul kkyeot-tteu-rin be-i-keon chi-jeu-beo-geo-ro
ha-ge-sseo-yo.

我要薯條，搭配一個培根起司漢堡。

가 : 버거를 어떻게 해서 드시겠어요 ?

ga: beo-geo-reul eo-tteo-ke hae-seo deu-si-ge-sseo-yo?

漢堡要幾分熟呢？

나 : 잘 익혀 주세요.

na: jal i-kyeo ju-se-yo.

請給我全熟的。

가 : 네, 마실 것은요?

ga: ne, ma-sil geo-seu-nyo?

好的，那要喝點什麼？

나 : 사이다로 부탁해요.

na: sa-i-da-ro bu-ta-kae-yo.

麻煩請給我汽水。

가 : 네, 고맙습니다.

ga: ne, go-map-sseum-ni-da.

好的，謝謝。

社交活動

나 : 천만에요.

na: cheon-ma-ne-yo.

不客氣。

가 : 선생님은요?

ga: seon-saeng-ni-meu-nyo?

那您（要點些什麼）呢？

다 : 같은 걸로 부탁해요.

da: ga-teun geol-lo bu-ta-kae-yo.

給我一樣的就可以囉。

가 : 알겠습니다. 고맙습니다. 곧 갖다 드리겠습니다.

ga: al-kket-sseum-ni-da. go-map-sseum-ni-da. got gat-tta deu-ri-get-sseum-ni-da.

我知道了，謝謝，（食物）馬上就來囉。

다 : 고맙습니다.

da: go-map-sseum-ni-da.

謝謝。

가 : 천만에요.

ga: cheon-ma-ne-yo.

不客氣。

金先生與德里克先生、另一位同事
湯姆，下班以後一起到酒吧聊天。

((•)) 36

가 : 정말 바쁜 날이었어, 그렇지?

ga: jeong-mal ppa-ppeun na-ri-eo-sseo, geu-reo-chi?

今天真的是很忙的一天，不是嗎？

나 : 응, 정말 그랬어. 하지만 그 판매보고서를 끝냈다는 것만으로도 기뻐.

na: eung, jeong-mal kkeu-rae-sseo. ha-ji-man geu pan-mae-bo-go-seo-reul kkeun-naet-tta-neun geon-ma-neu-ro-do gi-ppeo.

嗯，真的是（很忙），但是即使只完成了銷售報告，還是很開心。

가 : 우리 죠네 선술집으로 가서 한 잔 할까?

ga: u-ri jyo-ne seon-sul-ji-beu-ro ga-seo han jan hal-kka?

我們去喬的酒吧喝一杯吧？

나 : 아주 좋지.

na: a-ju jo-chi.

不錯的提議喔。

가 : 넌 어때, 탐?

ga: neon eo-ttae, tam?

湯姆，你要一起去嗎？

社交活動

다 : 좋아.

da: jo-a.

好啊。

가 : 좋아. 가자.

ga: jo-a. ga-ja.

好的，那麼走吧。

到了酒吧之後

((●)) 37

가 : 좋은 저녁입니다. 무엇을 마시겠어요?

ga: jo-eun jeo-nyeo-gim-ni-da. mu-eo-seul ma-si-ge-sseo-yo?

晚安,您們要喝點什麼呢?

나 : 맥주로 하는 게 어떨까요?

na: maek-jju-ro ha-neun ge eo-tteol-kka-yo?

啤酒如何?

가 : 알겠습니다. 당신은요?

ga: al-kket-sseum-ni-da. dang-si-neu-nyo?

好的,那麼這位客人呢?

다 : 같은 걸로 하겠습니다.

da: ga-teun geol-lo ha-get-sseum-ni-da.

給我一樣的就可以囉。

가 : 당신은요?

ga: dang-si-neu-nyo?

那這位客人呢?

라 : 생맥주로 하겠습니다.

ra: saeng-maek-jju-ro ha-get-sseum-ni-da.

我要生啤酒。

가 : 좋습니다. 다른 것 주문하실 것은요?

ga: jo-sseum-ni-da. da-reun geot ju-mun-ha-sil geo-seu-nyo?

好的，您們還要點其他東西嗎？

나 : 지금은 그것으로 됐습니다. 고마워요.

na: ji-geu-meun geu-geo-seu-ro dwaet-sseum-ni-da. go-ma-wo-yo.

先那樣就可以了，謝謝。

가 : 네.

ga: ne.

好的。

會話 2：看電影去

社交活動

金先生與德里克先生在電影院門口討論要看的電影，現在上映動作片「追擊者」以及劇情片「香水」。

((●)) 38

가 : 데렉, 오늘 밤에 뭐하니?

ga: de-rek, o-neul ppa-me mwo-ha-ni?

德里克，你今天晚上做什麼、有計畫嗎？

나 : 특별한 일이 없어. 왜?

na: teuk-ppyeol-han i-ri eop-sseo. wae?

沒有什麼特別的事情，怎麼了？

가 : 오늘 밤에 영화를 볼까 생각 중이거든. 나랑 같이 갈래?

ga: o-neul ppa-me yeong-hwa-reul ppol-kka saeng-gak jung-i-geo-deun. na-rang ga-chi gal-lae?

我在想今天晚上要不要去看電影，要跟我一起去嗎？

나 : 글쎄, 좋아. 어떤 영화를 보길 원하니?

na: geul-sse, jo-a. eo-tteon yeong-hwa-reul ppo-gil won-ha-ni?

嗯，好啊，你想看什麼電影呢？

가 : "추격자"를 보고 싶어. 내가 그 영화주인공을 너무 좋아해.

ga: "chu-gyeok-jja"reul ppo-go si-peo. nae-ga geu yeong-hwa-ju-in-gong-eul neo-mu jo-a-hae.

我想看「追擊者」，我很喜歡電影裡面的主角。

나 : 글쎄, 난 액션 영화는 싫어.

na: geul-sse, nan ro-maen-ti-kan yeong-hwa-neun si-reo.

是喔，我不太喜歡動作片。

가 : 그럼 , 뭐 보고 싶은데 ?
ga: geu-reom, mwo bo-go si-peun-de?
那麼你想看什麼？

나 : " 향수 " 는 어때 ? 사람들이 그러는데 괜찮은 영화래 .
na: "hyang-su"neun eo-ttae? sa-ram-deu-ri geu-reo-neun-de gwaen-cha-neun yeong-hwa-rae.
「香水」如何？大家都說很不錯。

가 : 괜찮은 영화 같은데 . 좋아 . 가자 .
ga: gwaen-cha-neun yeong-hwa ga-teun-de. jo-a. ga-ja.
聽起來是不錯的電影，好的，走吧。

到了電影院門口　((•)) 39

가 : " 향수 " 두 장 사고 싶은데요 .
ga: "hyang-su" du jang sa-go si-peun-de-yo.
我想要買兩張「香水」電影票。

社交活動

나 : 5(오) 만원입니다 .
na: 5(o)ma-nwo-nim-ni-da.
總共五萬元。

가 : 여기 5(오) 만원입니다 .

ga: yeo-gi 5(o)ma-nwo-nim-ni-da.

這裡五萬元。

나 : 감사합니다 . 표 여기 있습니다 .

na: gam-sa-ham-ni-da. pyo yeo-gi it-sseum-ni-da.

謝謝，票在這裡。

가 : 감사합니다 .

ga: gam-sa-ham-ni-da.

謝謝。

會話 3：
邀請他人參加派對

李小姐邀請湯姆參加星期五下班後的派對。

((•)) 40

가 : 탐 , 이번 금요일에 한가하니 ?
ga: tam, i-beon geu-myo-i-re han-ga-ha-ni?
湯姆，你這個禮拜五要做什麼、有沒有行程？

나 : 그럴 걸 . 왜 ?
na: geu-reol geol. wae?
應該沒有吧，怎麼了？

가 : 이번 금요일에 파티를 해 . 올 수 있니 ?
ga: i-beon geu-myo-i-re pa-ti-reul hae. ol su in-ni?
我們這個禮拜五開派對，你能來嗎？

나 : 응 . 그리고 초대해줘서 고마워 . 파티에 뭘 가지고 가지 ?
na: eung. geu-ri-go cho-dae-hae-jwo-seo go-ma-wo. pa-ti-e mwol ga-ji-go ga-ji?
嗯，很高興你邀請我，那我要帶什麼去派對現場？

社交活動

가 : 아무것도 가지고 오지 마 .
ga: a-mu-geot-tto ga-ji-go o-ji-ma.
什麼都不用帶，直接過來吧。

나 : 정말이야 ?
na: jeong-ma-ri-ya?
真的嗎？

가 : 응 .

ga: eung.

是的。

나 : 근데 파티가 몇 시에 시작하니 ?

na: geun-de pa-ti-ga myeot si-e si-ja-ka-ni?

不過派對幾點開始？

가 : 7(일곱) 시에 시작이야 .

ga: 7(il-gop)si-e si-ja-gi-ya.

七點開始。

나 : 알았어 . 제 시간에 갈게 .

na: a-ra-sseo. je si-ga-ne gal-kke.

我知道了，我會準時到的。

가 : 좋아 . 금요일에 봐 . 안녕 .

ga: jo-a. geu-myo-i-re bwa. an-nyeong.

好的，那星期五見囉，再見。

나 : 안녕 .

na: an-nyeong.

再見。

蘇邀請吉姆參加週末烤肉派對。

((●)) 41

가 : 안녕 , 짐 .
ga: an-nyeong, jim.
吉姆你好。

나 : 안녕 , 쑤에 .
na: an-nyeong, jju-e.
蘇你好。

社交活動

가 : 이번 토요일 우리 집에서 바비큐 파티를 하는데 당신을 파티에
초대하고 싶어요 .
ga: i-beon to-yo-il u-ri ji-be-seo ba-bi-kyu pa-ti-reul ha-neun-de dang-si-
neul pa-ti-e cho-dae-ha-go si-peo-yo.
這個禮拜六我們家會舉辦 BBQ 烤肉派對,我想邀請你來。

나 : 초대해줘서 고마워요 . 몇 시에 파티가 시작하죠 ?

na: cho-dae-hae-jwo-seo go-ma-wo-yo. myeot si-e pa-ti-ga si-ja-ka-jyo?

很感謝你邀請我呢，那派對幾點開始？

가 : 정오예요 .

ga: jeong-o-e-yo.

中午開始。

나 : 내가 파티에 뭘 좀 가져가길 원해요 ?

na: nae-ga pa-ti-e mwol jom ga-jeo-ga-gil won-hae-yo?

那你要不要我帶什麼東西去參加派對呢？

가 : 글쎄요 . 당신 맘이에요 . 하지만 정말 그러지 않아도 돼요 .

ga: geul-sse-yo. dang-sin ma-mi-e-yo. ha-ji-man jeong-mal kkeu-reo-ji
a-na-do dwae-yo.

嗯嗯，隨你的心意就可以囉，沒有的話也沒有關係。

나 : 그러고 싶어요 . 괜찮다면 캔 맥주 여섯 개 들이 한 묶음을 가
져갈게요 .

na: geu-reo-go si-peo-yo. gwaen-chan-ta-myeon kaen maek-jju yeo-seot
gae deu-ri han mu-kkeu-meul kka-jeo-gal-kke-yo.

但是我還是想要帶些禮物過去，如果不介意的話，我帶一打罐裝啤
酒過去吧。

나 : 괜찮아요 . 고마워요 .

na: gwaen-cha-na-yo. go-ma-wo-yo.

好的，謝謝囉。

가 : 파티에 초대해줘서 다시 한 번 감사드립니다 .

ga: pa-ti-e cho-dae-hae-jwo-seo da-si han beon gam-sa-deu-rim-ni-da.

再一次感謝你邀請我參加派對。

나 : 천만에요 . 그럼 이번 토요일에 만나요 . 안녕히 계세요 .

na: cheon-ma-ne-yo. geu-reom i-beon to-yo-i-re man-na-yo. an-nyeong-hi gye-se-yo.

哪裡哪裡，那麼我們這個禮拜六見囉，再見。

가 : 안녕히 가세요 .

ga: an-nyeong-hi ga-se-yo.

好的，請慢走。

社交活動

到了派對場地

((●)) 42

가 : 멋진 파티군요. 안녕하세요.
ga: meot-jjin pa-ti-gu-nyo. an-nyeong-ha-se-yo.
真的是很棒的派對！您好。

나 : 안녕하세요. 스티브 친구세요?
na: an-nyeong-ha-se-yo. seu-ti-beu chin-gu-se-yo?
您好，是史蒂夫的朋友嗎？

가 : 네, 우린 함께 일해요. 데이비드입니다. 만나서 반가워요.
ga: ne, u-rin ham-kke il-hae-yo. de-i-bi-deu-im-ni-da. man-na-seo
ban-ga-wo-yo.
是的，我們一起工作的，我叫大衛，很高興見到您。

나 : 쑤에요 . 저도 만나서 반가워요 .

na: ssu-e-yo. jeo-do man-na-seo ban-ga-wo-yo.

我叫蘇，我也很高興見到您。

CHAPTER 7
商務出差、旅行

在商務往來的職場生活中，除了與客戶召開會議開會之外，少不了出遠門到他國進行商務出差，這裡我們將介紹比較輕鬆訂購返往韓國機票、預定當地旅館房間，以及要求客房服務的用語，還有比較輕鬆購物、觀光用語，讓商務出差可以進行得更加順利之外，還能體會到韓國當地的風俗民情。

CHAPTER 7
商務出差、旅行

會話：
在機場以及飛機內

陳先生入境韓國，接受海關詢問
問題。

((●)) 43

가 : 여권 좀 보여 주시겠습니까?
ga: yeo-gwon jom bo-yeo ju-si-get-sseum-ni-kka?
可以給我看一下您的護照嗎？

나 : 네, 여기 있습니다.
na: ne, yeo-gi it-sseum-ni-da.
好的，在這裡。

가 : 방문 목적이 무엇입니까?
ga: bang-mun mok-jjeo-gi mu-eo-sim-ni-kka?
您來這裡造訪的目的是什麼？

나 : 사업차 방문했습니다.
na: sa-eop-cha bang-mun-haet-sseum-ni-da.
我做商務拜訪。

가 : 한국에서 얼마 동안 체류하실 겁니까?

ga: han-gu-ge-seo eol-ma dong-an che-ryu-ha-sil geom-ni-kka?

您打算在韓國待多久呢?

나 : 1(일) 개월입니다.

na: 1(il)gae-wo-rim-ni-da.

一個月左右。

가 : 좋습니다. 앞으로 가셔서 수화물을 찾아가세요.

ga: jo-sseum-ni-da. a-peu-ro ga-syeo-seo su-hwa-mu-reul cha-ja-ga-se-yo.

好的,請到前方去提領您的行李。

나 : 감사합니다.

na: gam-sa-ham-ni-da.

謝謝。

超實用句子現學現賣

1 出差以及出國前的準備 ((●)) **44**

■ 가 : 다음 주 언제쯤 만날 수 있겠어요?

　ga: da-eum ju eon-je-jjeum man-nal ssu it-kke-sseo-yo?

　下個禮拜我們何時可以見面呢?

나 : 만날 수 없을 것 같네요 . 다음 주에 제가 여기에 없거든요 .

na: man-nal ssu eop-sseul kkeot gan-ne-yo. da-eum ju-e je-ga yeo-gi-e eop-kkeo-deu-nyo.

可能無法見面喔，下個禮拜我不在這裡。

● 가 : 다음 주에 어떤 특별한 계획이 있어요 ?

ga: da-eum ju-e eo-tteon teuk-ppyeol-han gye-hoe-gi i-sseo-yo?

下個禮拜有什麼特別的計畫嗎？

나 : 사실 , 있어요 . 출장을 가기로 되어 있거든요 .

na: sa-sil, i-sseo-yo. chul-jang-eul kka-gi-ro doe-eo it-kkeo-deu-nyo.

事實上，有的，我要出差去。

● 가 : 어디로 가십니까 ?

ga: eo-di-ro ga-sim-ni-kka?

要去哪裡（出差）？

나 : 부산으로 갑니다 .

na: bu-sa-neu-ro gam-ni-da.

去釜山出差。

● 가 : 부산으로 가본 적이 있나요 ?

ga: bu-sa-neu-ro ga-bon jeo-gi in-na-yo?

您有去過釜山嗎？

나 : 아니요 . 가본 적이 없어요 .

na: a-ni-yo. ga-bon jeo-gi eop-sseo-yo.

沒有，從來沒有去過。

● 가 : 언제 떠나요 ?

ga: eon-je tteo-na-yo?

什麼時候離開（去出差）呢？

나 : 다음 주 수요일에 떠나요 .

na: da-eum ju su-yo-i-re tteo-na-yo.

下個禮拜三。

● 가 : 좋은 여행 되세요 .

ga: jo-eun yeo-haeng doe-se-yo.

祝您有趟美好的旅行。

나 : 고마워요 .

na: go-ma-wo-yo.

謝謝您。

商務出差、
旅行

● 가 : 월드 여행사 . 데이비드입니다 . 무엇을 도와드릴까요 ?

ga: wol-deu yeo-haeng-sa. de-i-bi-deu-im-ni-da. mu-eo-seul tto-wa-deu-ril-kka-yo?

世界旅行社，我是大衛，有什麼可以幫您的嗎？

나 : 부산행 비즈니스석 왕복표를 사고 싶습니다.

na: bu-san-haeng bi-jeu-ni-seu-seok wang-bok-pyo-reul ssa-go sip-sseum-ni-da.

我想要買到釜山的商務艙來回機票。

가 : 부산행 왕복항공료가 얼마입니까?

ga: bu-san-haeng wang-bo-kang-gong-nyo-ga eol-ma-im-ni-kka?

到釜山的往返機票多少錢呢？

나 : 40(사십) 만원입니다.

na: 40(sa-sip)ma-nwo-nim-ni-da.

韓幣 40 萬元。

가 : 탑승예약을 해주실 수 있어요?

ga: tap-sseung-ye-ya-geul hae-ju-sil su i-sseo-yo?

可以幫我預約搭乘的時間嗎？

나 : 네.

na: ne.

是的。

비자를 신청하려고 합니다.

bi-ja-reul ssin-cheong-ha-ryeo-go ham-ni-da.

我是來申請簽證的。

● 비자 연장을 신청하려고 합니다 .

bi-ja yeon-jang-eul ssin-cheong-ha-ryeo-go ham-ni-da.

我是來延長簽證的。

● 방문 목적이 무엇입니까 ?

bang-mun mok-jjeo-gi mu-eo-sim-ni-kka?

您來這裡造訪的目的是什麼？

● 비자를 신청한 목적이 무엇인지 말씀해 주시겠습니까 ?

bi-ja-reul ssin-cheong-han mok-jjeo-gi mu-eo-sin-ji mal-sseum-hae ju-si-get-sseum-ni-kka?

請告訴我您辦簽證的目的是什麼呢？

● 어디서 체류하실 겁니까 ?

eo-di-seo che-ryu-ha-sil geom-ni-kka?

您會居住在（本地的）哪裡？

● 미국에서는 어떤 일을 하실 계획입니까 ?

mi-gu-ge-seo-neun eo-tteon i-reul ha-sil gye-hoe-gim-ni-kka?

您在美國計畫做什麼事情呢？

● 미국에서 얼마나 머무를 예정입니까 ?

mi-gu-ge-seo eol-ma-na meo-mu-reul ye-jeong-im-ni-kka?

您打算在美國停留多久呢？

● 몇 가지 질문에 답변해 주시겠습니까?

myeot ga-ji jil-mu-ne dap-ppyeon-hae ju-si-get-sseum-ni-kka?

您可以回答我幾個問題嗎?

● 언제 어디서 태어났습니까?

eon-je eo-di-seo tae-eo-nat-sseum-ni-kka?

您的生日以及出生地?

● 학력에 대해 말씀해 주시겠습니까?

hang-nyeo-ge dae-hae mal-sseum-hae ju-si-get-sseum-ni-kka?

可以告訴我您的學歷嗎?

● 현재 어떤 사업을 하고 계십니까?

hyeon-jae eo-tteon sa-eo-beul ha-go gye-sim-ni-kka?

現在您在從事什麼行業呢?

● 이 양식을 작성해서 사진과 함께 제출해 주십시오.

i yang-si-geul jjak-sseong-hae-seo sa-jin-gwa ham-kke je-chul-hae ju-sip-ssi-o.

請完成表格之後,連同照片一起遞交出去。

● 당신의 비자가 승인되었습니다.

dang-si-nui bi-ja-ga seung-in-doe-eot-sseum-ni-da.

您的簽證被許可了。

● 수수료는 10(십) 달러를 지불하셔야 합니다.

su-su-ro-neun 10(sip)dal-leo-reul jji-bul-ha-syeo-ya ham-ni-da.

手續費總共 10 美金。

● 다음 주 월요일에 비자를 찾아가세요.

da-eum ju wo-ryo-i-re bi-ja-reul cha-ja-ga-se-yo.

下禮拜一請過來拿簽證。

● 여권이 언제 만료되죠? 이 비자는 1(일)년 간 유효합니다.

yeo-gwo-ni eon-je mal-lyo-doe-jyo? i bi-ja-neun 1(il)nyeon gan yu-hyo-ham-ni-da.

您的護照何時過期？ 這簽證有效期限是一年。

● 15(십오) 일 이내로 체류할 거라면 비자는 필요 없습니다.

15(si-bo)il i-nae-ro che-ryu-hal kkeo-ra-myeon bi-ja-neun pi-ryo eop-sseum-ni-da.

在十五天以內（停留在此國的話），免簽證。

● 8(팔) 월 19(십구) 일자 서울 행 항공편을 예약하고 싶습니다.

8(pal)wol19(sip-kku)il-ja seo-ul haeng hang-gong-pyeo-neul ye-ya-ka-go sip-sseum-ni-da.

我想要訂八月十九日前往首爾的飛機票。

商務出差、
旅行

● 서울로 가는 직항편이 있습니까?

seo-ul-lo ga-neun ji-kang-pyeo-ni it-sseum-ni-kka?

是直達首爾的航班嗎？

● 서울 행 비행기는 얼마나 자주 있습니까 ?

seo-ul haeng bi-haeng-gi-neun eol-ma-na ja-ju it-sseum-ni-kka?

去首爾的航班多久一班 (頻率) 呢 ?

● 비행시간이 얼마나 됩니까 ?

bi-haeng-si-ga-ni eol-ma-na doem-ni-kka?

飛行時間需要多久 ?

● 가 : 예약을 변경하고 싶습니다 .

ga: ye-ya-geul ppyeon-gyeong-ha-go sip-sseum-ni-da.

我要更改、變動我的預約。

나 : 어떻게 바꾸시려 합니까 ?

na: eo-tteo-ke ba-kku-si-ryeo ham-ni-kka?

您想要怎麼更改、變動 (飛機航班) 行程呢 ?

● 예약을 취소하고 싶습니다 .

ye-ya-geul chwi-so-ha-go sip-sseum-ni-da.

我想要取消我的預約。

● 가 : 오늘 환율이 어떻게 됩니까 ?

ga: o-neul hwa-nyu-ri eo-tteo-ke doem-ni-kka?

今天的匯率怎麼算呢 ?

나 : 대만 돈 1(일) 달러 당 38(삼십팔) 원입니다 .

na: dae-man don 1(il)dal-leo dang 38(sam-sip-pal)wo-nim-ni-da.

台幣 1 比 38 元韓幣。

● 이 수표를 현금으로 바꿔 주세요.

　　i su-pyo-reul hyeon-geu-meu-ro ba-kkwo ju-se-yo.

　　請把這支票換成現金給我吧。

● 이 여행자수표를 현금으로 바꿔 주세요.

　　i yeo-haeng-ja-su-pyo-reul hyeon-geu-meu-ro ba-kkwo ju-se-yo.

　　請把這旅行支票換成現金給我吧。

● 어떻게 바꿔 드릴까요?

　　eo-tteo-ke ba-kkwo deu-ril-kka-yo?

　　要以哪種方式兌換呢?

● 가: 대만 돈을 한국돈으로 환전하고 싶습니다.

　　ga: dae-man do-neul han-guk-tto-neu-ro hwan-jeon-ha-go sip-sseum-ni-da.

　　我想用台幣換韓幣。

　　나: 문제없습니다.

　　na: mun-je-eop-sseum-ni-da.

　　沒有問題的。

商務出差、
旅行

● 가: 그 돈을 어떻게 드릴까요?

　　ga: geu do-neul eo-tteo-ke deu-ril-kka-yo?

　　錢要怎麼給您呢?

223

나 : 현금으로 주세요.

na: hyeon-geu-meu-ro ju-se-yo.

請換成現金給我。

● 가 : 여행자 수표로 지불하고 싶습니다. 여행자 수표도 받습니까?

ga: yeo-haeng-ja su-pyo-ro ji-bul-ha-go sip-sseum-ni-da. yeo-haeng-ja su-pyo-do bat-sseum-ni-kka?

我想用旅行支票付款,您也收旅行支票嗎?

나 : 네.

na: ne.

是的。

● 가 : 여행자 수표를 현금으로 바꿀 수 있나요?

ga: yeo-haeng-ja su-pyo-reul hyeon-geu-meu-ro ba-kkul su in-na-yo.

可以用旅行支票換現金嗎?

나 : 네, 그럴 수 있습니다. 얼마나 해드릴까요?

na: ne, geu-reol su it-sseum-ni-da. eol-ma-na hae-deu-ril-kka-yo?

好的,沒問題,要換多少呢?

● 알겠습니다. 사인해 주세요.

al-kket-sseum-ni-da. sa-in-hae ju-se-yo.

我知道了,請幫我簽個名。

2 在機場以及飛機內 ((•)) 45

● 이제 가서 탑승수속을 밟아야겠습니다 .

i-je ga-seo tap-sseung-su-so-geul ppap-a-ya-get-sseum-ni-da.

請到那邊辦理登機手續。

● 가 : 동행이 몇 분입니까 ?

ga: dong-haeng-i myeot bu-nim-ni-kka?

同行者總共有幾位呢 ?

● 나 : 두명입니다 .

na: du-myeong-im-ni-da.

有兩位。

● 출발 시간 20(이십) 분 전까지 9(구) 번 게이트 입구에서 대기
하세요 .

chul-bal ssi-gan 20(i-sip)bun jeon-kka-ji 9(gu)beon ge-i-teu ip-kku-
e-seo dae-gi-ha-se-yo.

請在 (飛機) 起飛前二十分鐘，前往九號登機門等候。

商務出差、
旅行

● 갈아타는 비행기의 탑승구가 어디입니까 ?

ga-ra-ta-neun bi-haeng-gi-ui tap-sseung-gu-ga eo-di-im-ni-kka?

請問一下轉機的登機門是在哪裡呢 ?

● 가 : 서울행 연결편 비행기를 놓쳤습니다 . 어떻게 해야 되죠 ?

ga: seo-ul-haeng yeon-gyeol-pyeon bi-haeng-gi-reul not-cheot-sseum-ni-da. eo-tteo-ke hae-ya doe-jyo?

我錯過前往首爾的轉飛班機了，要怎麼辦呢 ?

나 : 다음 비행기를 잡아 드리겠습니다 .

na: da-eum bi-haeng-gi-reul jja-ba deu-ri-get-sseum-ni-da.

我們會安排您等候下一班飛機。

● 얼마나 지연이 됩니까 ? 이미 2(두) 시간 늦고 있네요 .

eol-ma-na ji-yeo-ni doem-ni-kka? i-mi 2(du)si-gan neut-kko in-ne-yo.

飛機會延遲多久呢 ? 已經晚兩個小時了。

● 탑승 수속은 언제 합니까 ? 예정보다 1(한) 시간 늦고 있습니다 .

tap-sseung su-so-geun eon-je ham-ni-kka? ye-jeong-bo-da 1(han)si-gan neut-kko it-sseum-ni-da.

什麼時候可以辦理登機手續呢 ? 比預定的還要晚一個小時了。

● 이것을 기내로 가지고 들어갈 수 있나요 ?

i-geo-seul kki-nae-ro ga-ji-go deu-reo-gal ssu in-na-yo?

這 (行李) 可以帶上去登機嗎 ?

● 탑승은 몇 시에 시작합니까 ?

tap-sseung-eun myeot si-e si-ja-kam-ni-kka?

幾點開始登機 ?

5(오) 번 게이트로 가는 길 좀 가르쳐 주시겠습니까 ?
5(o)beon ge-i-teu-ro ga-neun gil jom ga-reu-cheo ju-si-get-sseum-ni-kka?
您可以告訴我要如何前往五號登機門嗎 ?

가 : 방문 목적이 무엇입니까 ?
ga: bang-mun mok-jjeo-gi mu-eo-sim-ni-kka?
您來這裡造訪的目的是 ?

나 : 관광 목적으로 왔습니다 .
na: gwan-gwang mok-jjeo-geu-ro wat-sseum-ni-da.
我是來觀光的 。

좌석을 바꿀 수 있을까요 ?
jwa-seo-geul ppa-kkul su i-sseul-kka-yo?
我可以換飛機座位嗎 ?

이 양식을 작성하는 방법을 가르쳐 주시겠습니까 ?
i yang-si-geul jjak-sseong-ha-neun bang-beo-beul kka-reu-cheo ju-si-get-sseum-ni-kka?
您可以告訴我這個表格要如何填寫嗎 ?

실례지만 제 자리에 앉아 계신 것 같습니다 .
sil-lye-ji-man je ja-ri-e an-ja gye-sin geot gat-sseum-ni-da.
不好意思，您好像坐到我的位子了 。

● 의자를 뒤로 눕혀도 되겠습니까 ?

ui-ja-reul ttwi-ro nu-pyeo-do doe-get-sseum-ni-kka?

您不介意我把椅子稍微往後調吧 ?

● 어디 불편하신 데가 있습니까 ?

eo-di bul-pyeon-ha-sin de-ga it-sseum-ni-kka?

您 (身體) 哪裡不舒服 ?

● 속이 메스꺼워요 .

so-gi me-seu-kkeo-wo-yo.

我的胃不太舒服、想嘔吐 。

● 물수건 좀 갖다 주시겠어요 ?

mul-su-geon jom gat-tta ju-si-ge-sseo-yo?

您可以拿條濕紙巾給我嗎 ?

● 모포와 베개 좀 주세요 .

mo-po-wa be-gae jom ju-se-yo.

請幫我拿一下毛毯跟枕頭 。

● 물 한 잔 좀 주세요 .

mul han jan jom ju-se-yo.

請給我一杯水 。

● 중문 신문 있어요 ?

jung-mun sin-mun i-sseo-yo?

有沒有中文報紙呢 ?

● 화장실이 어디에 있어요?
hwa-jang-si-ri eo-di-e i-sseo-yo?
廁所在哪裡呢？

● 체한 데 필요한 약이 있습니까?
che-han de pi-ryo-han ya-gi it-sseum-ni-kka?
我的胃不太舒服，請問您有沒有胃藥？

● 펜 있어요?
pen i-sseo-yo?
有筆嗎？

● 비행기 멀미약 있어요? 토할 것 같아요.
bi-haeng-gi-meol-mi-yak i-sseo-yo? to-hal kkeot ga-ta-yo.
有暈機藥嗎？我好像要吐了。

● 면세품을 구매할 수 있나요?
myeon-se-pu-meul kku-mae-hal ssu in-na-yo?
我能買免稅品嗎？

● 이것과 저것 주세요.
i-geot-kkwa jeo-geot ju-se-yo.
（手指著要買的飛機上的免稅品）我要這個跟那個。

● 신용카드로 계산할 수 있습니까?
si-nyong-ka-deu-ro gye-san-hal ssu it-sseum-ni-kka?
用信用卡付款可以嗎？

● 현금으로 계산해도 됩니까?

hyeon-geu-meu-ro gye-san-hae-do doem-ni-kka?

我可以付現金嗎?

● 부치실 짐이 있습니까?

bu-chi-sil ji-mi it-sseum-ni-kka?

您有沒有要托運的行李?

● 제 짐이 도착하지 않았는데 누구를 만나 봐야 하죠?

je ji-mi do-cha-ka-ji a-nan-neun-de nu-gu-reul man-na bwa-ya ha-jyo?

我的行李還沒有到（不見了），我要找誰幫忙呢?

● 수하물을 맡기는 데가 어디입니까?

su-ha-mu-reul mat-kki-neun de-ga eo-di-im-ni-kka?

請問托運行李的地方在哪裡?

● 제 수하물을 어디서 찾을 수 있죠?

je su-ha-mu-reul eo-di-seo cha-jeul ssu it-jjyo?

我的行李在哪裡可以領取?

● 제 짐이 파손되었습니다.

je ji-mi pa-son-doe-eot-sseum-ni-da.

我的行李破損了。

● 가 : 특별히 신고하실 물품은 있습니까?

ga: teuk-ppyeol-hi sin-go-ha-sil mul-pu-meun it-sseum-ni-kka?

您有沒有要特別申報的（通關）物品呢？

나 : 없습니다.

na: eop-sseum-ni-da.

沒有的。

● 가 : 이 짐 속의 내용물은 무엇입니까?

ga: i jim so-gui nae-yong-mu-reun mu-eo-sim-ni-kka?

這行李裡面是什麼東西？

나 : 개인 소지품 뿐입니다.

na: gae-in so-ji-pum-ppu-nim-ni-da.

我個人的（旅行）攜帶品、物品。

● 이 카메라에 대해서는 관세를 지불하셔야 합니다. 면세 품목
에서는 200(이백) 달러까지 면세가 됩니다.

i ka-me-ra-e dae-hae-seo-neun gwan-se-reul jji-bul-ha-syeo-ya
ham-ni-da.

這台相機，您必須要支付關稅。購買免稅商品限制在 200 元美
金以下。

3 預定旅館、飯店房間 ((●)) 46

■ 시내에서 가까운 호텔을 소개해 주세요 .

si-nae-e-seo ga-kka-un ho-te-reul sso-gae-hae ju-se-yo.

（對著路人或者計程車司機詢問）請介紹一間鄰近市區的旅館。

■ 공항 근처 호텔이면 될 것 같은데요 .

gong-hang geun-cheo ho-te-ri-myeon doel geot ga-teun-de-yo.

機場附近的飯店就可以囉！

■ 교통이 편리한 호텔이 있어요 ?

gyo-tong-i pyeol-li-han ho-te-ri i-sseo-yo?

有沒有交通便利的飯店呢？

■ 영업하는 민박집이 있어요 ?

yeong-eo-pa-neun min-bak-jji-bi i-sseo-yo?

有沒有營業的民宿呢？

■ 다른 곳은 없나요 ?

da-reun go-seun eom-na-yo?

（不滿意介紹的住宿處時）沒有其他地方了嗎？

■ 호텔 주소가 있는 명함 한 장 주세요 .

ho-tel ju-so-ga in-neun myeong-ham han jang ju-se-yo.

請給我一張有寫飯店地址的名片。

방 하나 예약하고 싶어요.

bang ha-na ye-ya-ka-go si-peo-yo.

我想要預約一間房間。

아직 빈 방이 있습니까?

a-jik bin bang-i it-sseum-ni-kka?

還有空房間嗎?

8(팔)월 19(십구)일과 20(이십)일 싱글룸을 예약하고 싶습니다.

8(pal)wol 19(sip-kku)il-gwa 20(i-sip)il sing-geul-lu-meul ye-ya-ka-go sip-sseum-ni-da.

我要預定八月十九號跟二十號的單人房。

'진경덕'이란 이름으로 예약된 방을 확인하고 싶습니다.

'jin-gyeong-deok'i-ran i-reu-meu-ro ye-yak-ttoen bang-eul hwa-gin-ha-go sip-sseum-ni-da.

我想確定一下,以「陳慶德」名字預訂的房間有沒有問題。

예약되어 있는 날짜를 4(사)월 30(삼십)일로 변경하고 싶습니다.

ye-yak-ttoe-eo in-neun nal-jja-reul 4(sa)wol 30(sam-sip)il-lo byeon-gyeong-ha-go sip-sseum-ni-da.

我想把(原先)預訂的日期,換到四月三十號去。

商務出差、
旅行

비즈니스 한국어
公事包韓語
Business Korean

● 8(팔) 월 24(이십사) 일자로 되어 있는 예약을 변경하고 싶습니다 .

8(pal)wol24(i-sip-ssa)il-ja-ro doe-eo in-neun ye-ya-geul ppyeon-gyeong-ha-go sip-sseum-ni-da.

我想更改原先八月二十四日的預訂。

● 8(팔) 월 6(육) 일자 예약을 취소하고 싶습니다 .

8(pal)wol6(yuk)il-ja ye-ya-geul chwi-so-ha-go sip-sseum-ni-da.

我想取消八月六號的預訂。

● 이 예약을 취소하려면 언제까지 해야 됩니까 ?

i ye-ya-geul chwi-so-ha-ryeo-myeon eon-je-kka-ji hae-ya doem-ni-kka?

可以取消預訂的時間到何時為止呢 ?

● 가 : 방을 예약하셨습니까 ?

ga: bang-eul ye-ya-ka-syeot-sseum-ni-kka?

您訂房間了嗎 ?

나 : 이미 방을 예약했습니다 . 여기 예약확인서가 있습니다 .

na: i-mi bang-eul ye-ya-kaet-sseum-ni-da. yeo-gi ye-ya-kwa-gin-seo-ga it-sseum-ni-da.

我已經訂好房間了。這是我的訂單。

● 가 : 며칠 동안 묵을 예정이십니까 ?

ga: myeo-chil dong-an mu-geul ye-jeong-i-sim-ni-kka?

打算住幾天呢 ?

나 : 3 (삼) 일 정도 묵을 겁니다 .

na: 3(sam)il jeong-do mu-geul kkeom-ni-da.

我會住三天左右。

● 8 (팔) 월 19 (십구) 일까지요 .

8(pal)wol 19(sip-kku)il-kka-ji-yo.

我會住到八月十九日喔。

● 가 : 얼마나 머무르실 겁니까 ?

ga: eol-ma-na meo-mu-reu-sil geom-ni-kka?

請問您要住多久呢？

나 : 3 (삼) 박을 할 겁니다 .

na: 3(sam)ba-geul hal kkeom-ni-da.

三個晚上左右。

● 방값은 하루에 얼마입니까 ?

bang-gap-sseun ha-ru-e eol-ma-im-ni-kka?

住一天要多少錢？

商務出差、
旅行

● 이 금액에 아침 식사가 포함되는 건가요 ?

i geu-mae-ge a-chim sik-ssa-ga po-ham-doe-neun geon-ga-yo?

這費用包括早餐嗎？

● 서비스료가 포함됐습니까？

seo-bi-seu-ryo-ga po-ham-dwaet-sseum-ni-kka?

包括服務費嗎？

● 보증금이 필요합니까？

bo-jeung-geu-mi pi-ryo-ham-ni-kka?

需要押金嗎？

● 더 싼 방이 있습니까？

deo ssan bang-i it-sseum-ni-kka?

有更便宜的房間嗎？

● 지금 바로 방에 들어갈 수 있습니까？

ji-geum ba-ro bang-e deu-reo-gal ssu it-sseum-ni-kka?

現在就可以直接入住嗎？

● 방이 어떻게 생겼는지 말씀해 주시겠습니까？

bang-i eo-tteo-ke saeng-gyeon-neun-ji mal-sseum-hae ju-si-get-sseum-ni-kka?

您可以說明房間的樣式給我參考看看嗎？

● 방을 보고 결정할 수 있게 될 것 같아요．

bang-eul ppo-go gyeol-jeong-hal ssu it-kke doel geot ga-ta-yo.

我可能要先看過房間才能決定。

● 전망이 좋은 방을 주세요.

jeon-mang-i jo-eun bang-eul jju-se-yo.

請給我景觀好的房間。

● 가능한 한 위층으로 부탁합니다.

ga-neung-han han wi-cheung-eu-ro bu-ta-kam-ni-da.

能給我樓上的房間嗎？

● 이 방이 낫겠네요.

i bang-i nat-kken-ne-yo.

這房間比較好。

● 조용한 방을 주세요.

jo-yong-han bang-eul jju-se-yo.

給我安靜一點的房間。

● 이 방은 너무 지저분해요.

i bang-eun neo-mu ji-jeo-bun-hae-yo.

這房間太髒了。

商務出差、
旅行

● 이 방은 너무 시끄럽습니다.

i bang-eun neo-mu si-kkeu-reop-sseum-ni-da.

這房間太吵了！

● 방을 바꿔 주세요.

bang-eul ppa-kkwo ju-se-yo.

請幫我換另外一間房間。

● 이 카드에 이름과 국적, 여권 번호를 기입해 주세요.

i ka-deu-e i-reum-gwa guk-jjeok, yeo-gwon beon-ho-reul kki-i-pae ju-se-yo.

請您在這卡片上，寫上您的姓名、國籍以及護照號碼。

4 要求客房服務時 ((●)) 47

● 제 짐을 방으로 올려 주시겠습니까?

je ji-meul ppang-eu-ro ol-lyeo ju-si-get-sseum-ni-kka?

您可以幫我把行李提到房間去嗎？

● 식당은 어디에 있습니까?

sik-ttang-eun eo-di-e it-sseum-ni-kka?

餐廳在哪裡呢？

● 식당은 몇 층에 있습니까?

sik-ttang-eun myeot cheung-e it-sseum-ni-kka?

餐廳在幾樓呢？

● 아침 식사 시간은 몇 시부터입니까?

a-chim sik-ssa si-ga-neun myeot si-bu-teo-im-ni-kka?

早餐時間是幾點開始？

● 호텔 안에 수영장 (헬스클럽) 이 있습니까 ?

ho-tel a-ne su-yeong-jang(hel-seu-keul-leop)i it-sseum-ni-kka?

飯店裡面有游泳池 (健身房) 嗎 ?

● 몇 시까지 문을 닫아요 ?

myeot si-kka-ji mu-neul tta-da-yo?

幾點關門呢 ?

● 인터넷을 쓸 수 있는 곳이 어디 있어요 ?

in-teo-ne-seul sseul ssu in-neun go-si eo-di i-sseo-yo?

有沒有可以上網的地方 ?

● 방에서도 인터넷을 쓸 수 있어요 ?

bang-e-seo-do in-teo-ne-seul sseul ssu i-sseo-yo?

房間也可以上網嗎 ?

● 팩스 있어요 ?

paek-sseu i-sseo-yo?

有傳真處嗎 ?

● 저에게 온 메시지가 있습니까 ?

jeo-e-ge on me-si-ji-ga it-sseum-ni-kka?

有我的留言嗎 ?

公事包韓語
Business Korean

● 누가 저를 찾으면 여기로 연락하라고 해 주세요 .

nu-ga jeo-reul cha-jeu-myeon yeo-gi-ro yeol-la-ka-ra-go hae ju-se-yo.

(給飯店服務生自己的聯絡方式時) 萬一有人要找我，請他到這裡來
跟我聯絡。

● 팁입니다 .

ti-bim-ni-da.

這是小費。

● 틀림없이 모든 것이 만족스러울 겁니다 .

teul-li-meop-ssi mo-deun geo-si man-jok-sseu-reo-ul geom-ni-da.

我非常確信您將會滿意所有的服務。

● 여기는 방번호 819(팔일구) 호인데요 .

yeo-gi-neun bang-beon-ho 819(pa-ril-gu)ho-in-de-yo.

這裡是 819 號房間。

● 모닝콜 부탁하고 싶어요 .

mo-ning-kol bu-ta-ka-go si-peo-yo.

我想要早上客鈴服務。

● 아침 8(여덟) 시에 깨워 주시기 바랍니다 .

a-chim 8(yeo-deol)si-e kkae-wo ju-si-gi ba-ram-ni-da.

請在早上八點叫我起床。

● 저는 잠귀가 어두우니 대답이 없거든 벨을 계속 울려 주세요 .

jeo-neun jam-gwi-ga eo-du-u-ni dae-da-bi eop-kkeo-deun be-reul kkye-sok ul-lyeo ju-se-yo.

我都睡得很熟，萬一沒有回應的話，請繼續響鈴。

● 내일 아침 8 시에 깨워 주실 수 있습니까 ?

nae-il a-chim 8si-e kkae-wo ju-sil su it-sseum-ni-kka?

明天早上八點時，可以叫醒我嗎 ?

● 806(팔백육) 호실로 아침식사를 갖다 주시겠습니까 ?

806(pal-ppae-gyuk)ho-sil-lo a-chim-sik-ssa-reul kkat-tta ju-si-get-sseum-ni-kka?

我的早餐可以請您送到 806 號房嗎 ?

● 방 좀 정리해 주세요 .

bang jom jeong-ni-hae ju-se-yo.

請幫我整理一下房間。

● 세탁서비스가 있나요 ?

se-tak-sseo-bi-seu-ga in-na-yo?

請問有洗衣服務嗎 ?

商務出差、旅行

● 제 세탁물이 다 됐나요 ?

je se-tang-mu-ri da dwaen-na-yo?

我的衣服都洗好了嗎 ?

● 숙박비에 포함시켜 주세요.

suk-ppak-ppi-e po-ham-si-kyeo ju-se-yo.

請把這費用算到住宿費裡面。

● 맡기고 싶은 귀중품들이 있는데요.

mat-kki-go si-peun gwi-jung-pum-deu-ri in-neun-de-yo.

我想要寄存一些貴重物品。

● 맡긴 저의 물건을 찾아가려고 합니다.

mat-kkin jeo-ui mul-geo-neul cha-ja-ga-ryeo-go ham-ni-da.

我想拿回我寄存的東西。

● 방 안에 금고가 있습니까?

bang a-ne geum-go-ga it-sseum-ni-kka?

房間有保險櫃嗎?

● 사용법을 좀 알려 주세요.

sa-yong-beo-beul jjom al-lyeo ju-se-yo.

請告訴我怎麼使用。

● 비밀번호가 몇 번입니까?

bi-mil-beon-ho-ga myeot beo-nim-ni-kka?

密碼是幾號呢?

● 이 편지(엽서)를 항공우편으로 보내 주세요.

i pyeon-ji(yeop-sseo)reul hang-gong-u-pyeo-neu-ro bo-nae ju-se-yo.

請把這封信(明信片)用航空郵件寄出。

● 이 소포를 대만으로 보내 주세요 .

i so-po-reul ttae-ma-neu-ro bo-nae ju-se-yo.

請把這包裹寄到台灣。

● 호텔 안에 선물가게가 있어요 ?

ho-tel a-ne seon-mul-ga-ge-ga i-sseo-yo?

飯店裡面有禮品店嗎 ?

● 포장 해 주세요 .

po-jang hae ju-se-yo.

（買好禮品之後，對著結帳人員說）請幫我包裝一下。

● 여기 중국어를 할 줄 아는 사람이 있나요 ?

yeo-gi jung-gu-geo-reul hal jjul a-neun sa-ra-mi in-na-yo?

這裡有會說中文的人嗎 ?

● 제가 부탁한 것이 아직 안 왔습니다 .

je-ga bu-ta-kan geo-si a-jik an wat-sseum-ni-da.

我剛剛點的東西（預約的服務），到目前還沒有送過來。

● 주문한 것을 빨리 갖다 주시겠습니까 ?

ju-mun-han geo-seul ppal-li gat-tta ju-si-get-sseum-ni-kka?

我剛剛點的東西，可否盡快送過來給我 ?

5 房間出現問題時　((●)) 48

● 가 : 안녕하세요 . 객실부입니다 . 무엇을 도와 드릴까요 ?

ga: an-nyeong-ha-se-yo. gaek-ssil-bu-im-ni-da. mu-eo-seul tto-wa

deu-ril-kka-yo?

您好，這是客服處，有什麼需要幫忙的嗎 ?

나 : 방에 문제가 있습니다 .

na: bang-e mun-je-ga it-sseum-ni-da.

我的房間有問題。

● 수건이 좀 더 필요합니다 .

su-geo-ni jom deo pi-ryo-ham-ni-da.

我需要多一點的毛巾。

● 휴지가 없어요 .

hyu-ji-ga eop-sseo-yo.

沒衛生紙了。

● 에어컨 (난방기) 이 조정이 안 되는데요 .

e-eo-keon(nan-bang-gi)i jo-jeong-i an doe-neun-de-yo.

冷氣 (暖氣) 無法調整。

● 방 온도를 어떻게 조절합니까 ?

bang on-do-reul eo-tteo-ke jo- jeol-ham-ni-kka?

房間的溫度要怎麼調整呢 ?

244

● 불을 어디서 끄는지 잘 모르겠어요.

bu-reul eo-di-seo kkeu-neun-ji jal mo-reu-ge-sseo-yo.

我不知道要在哪裡關燈。

● 텔레비전을 켜지 못 했어요.

tel-le-bi-jeo-neul kyeo-ji mot hae-sseo-yo.

電視機打不開。

● 방에 뜨거운 물이 안 나왔어요.

bang-e tteu-geo-un mu-ri an na-wa-sseo-yo.

房間沒熱水了。

● 수도꼭지가 고장이에요.

su-do-kkok-jji-ga go-jang-i-e-yo.

蓮蓬頭壞掉了。

● 샤워기가 이상해요.

sya-wo-gi-ga i-sang-hae-yo.

熱水器怪怪的。

商務出差、
旅行

● 헤어드라이기가 작동하지 않아요.

he-eo-deu-ra-i-gi-ga jak-ttong-ha-ji a-na-yo.

吹風機不會動了。

● 비누 좀 가져다가 주세요.

bi-nu jom ga-jeo-da-ga ju-se-yo.

請給我一塊肥皂吧。

● 자물쇠가 고장났습니다 .

ja-mul-soe-ga go-jang-nat-sseum-ni-da.

門鎖壞掉了。

● 변기 (세면대) 가 문제가 좀 있어요 .

byeon-gi(se-myeon-dae)ga mun-je-ga jom i-sseo-yo.

馬桶（洗手台）有點問題。

● 가 : 무엇을 도와 드릴까요 ?

ga: mu-eo-seul tto-wa deu-ril-kka-yo?

有什麼需要幫忙的嗎 ?

나 : 열쇠를 방 안에 남겨 놓았습니다 .

na: yeol-soe-reul ppang a-ne nam-gyeo no-at-sseum-ni-da.

我把鑰匙遺留在我房間裡了。

● 열쇠를 잃어버렸어요 .

yeol-soe-reul i-reo-beo-ryeo-sseo-yo.

我把鑰匙搞丟了。

● 방이 몇 호실인지 잊었어요 .

bang-i myeot ho-si-rin-ji i-jeo-sseo-yo.

我忘記房間號碼了。

● 대만에 국제전화 하려고 합니다 .

dae-ma-ne guk-jje-jeon-hwa ha-ryeo-go ham-ni-da.

我想打國際電話到台灣去。

6 退房 ((●)) **49**

● 체크아웃하겠습니다 .

che-keu-a-u-ta-get-sseum-ni-da.

我要退房。

● 체크아웃을 하려고 합니다 . 계산서 좀 작성해 주세요 .

che-keu-a-u-seul ha-ryeo-go ham-ni-da. gye-san-seo jom jak-sseong-hae ju-se-yo.

我要退房，可以幫我算一下帳單嗎？

● 체크아웃은 몇 시까지인가요 ?

che-keu-a-u-seun myeot si-kka-ji in-ga-yo?

退房時間到幾點呢？

● 모두 다 얼마예요 ?

mo-du da eol-ma-ye-yo?

全部多少錢？

● 여기 이 항목은 뭐예요 ?

yeo-gi i hang-mo-geun mwo-ye-yo?

（拿著帳單詢問時）這項目是什麼費用？

● 계산이 좀 이상해요 !

gye-sa-ni jom i-sang-hae-yo!

算法有點奇怪。

● 요금이 저의 생각보다 많아요 .

yo-geu-mi jeo-ui saeng-gak-ppo-da ma-na-yo.

費用比我想的還多。

● 저는 국제전화를 걸지 않았는데 , 청구서에는 들어 있네요 .

jeo-neun guk-jje-jeon-hwa-reul kkeol-ji a-nan-neun-de, cheong-gu-seo-e-neun deu-reo in-ne-yo.

我並未使用國際電話，但帳單卻出現這一項費用。

● 냉장고 안은 손대지 않았습니다 .

naeng-jang-go a-neun son-dae-ji a-nat-sseum-ni-da.

我沒有碰過冰箱裡的東西。

● 냉장고 안의 음료수는 얼마입니까 ?

naeng-jang-go a-nui eum-nyo-su-neun eol-ma-im-ni-kka?

冰箱內的飲料多少錢呢？

● 여행자수표 받습니까 ?

yeo-haeng-ja-su-pyo bat-sseum-ni-kka?

您收旅行支票嗎？

신용카드로 계산해도 되죠?

si-nyong-ka-deu-ro gye-san-hae-do doe-jyo?

我可以用信用卡結帳吧?

보증금은 취소하셨지요?

bo-jeung-geu-meun chwi-so-ha-syeot-jji-yo?

幫我取消押金了吧?

택시를 불러주시겠어요?

taek-ssi-reul ppul-leo-ju-si-ge-sseo-yo?

能幫我叫一輛計程車嗎?

영수증 좀 주세요.

yeong-su-jeung jom ju-se-yo.

請幫我開發票。

하루 더 묵고 싶어요.

ha-ru deo muk-kko si-peo-yo.

我想多住一晚。

하루 앞당겨 가려고 합니다.

ha-ru ap-ttang-gyeo ga-ryeo-go ham-ni-da.

我要提前一天走。

● 내일 떠날 것입니다.

nae-il tteo-nal kkeo-sim-ni-da.

明天就走了。

● 짐 내릴 사람을 한 명 보내 주세요.

jim nae-ril sa-ra-meul han myeong bo-nae ju-se-yo.

請派一個人來拿行李。

● 방안의 짐 좀 옮겨주세요.

bang-a-nui jim jom om-gyeo-ju-se-yo.

房間的行李幫我搬一下。

● 로비로 저의 짐을 옮겨주시겠어요?

ro-bi-ro jeo-ui ji-meul om-gyeo-ju-si-ge-sseo-yo?

能幫我把行李搬到大廳嗎?

● 짐을 잠깐 아래 카운터에 맡겨도 됩니까?

ji-meul jjam-kkan a-rae ka-un-teo-e mat-kkyeo-do doem-ni-kka?

行李可以放在櫃台保管一下嗎?

● 아마 5(다섯)시간 후에 찾으러 오게 될 것 같습니다.

a-ma 5(da-seot)si-gan hu-e cha-jeu-reo o-ge doel geot gat-sseum-ni-da.

大約五個小時之後來拿。

● 방에 뭘 두고 왔어요.

bang-e mwol du-go wa-sseo-yo.

我把東西忘在房間裡面了。

7　在餐廳　((●)) 50

● 지금 막 뭘 좀 먹으러 나갈 참인데, 같이 가실래요?

ji-geum mak mwol jom meo-geu-reo na-gal cha-min-de, ga-chi ga-sil-lae-yo?

我正要出門吃點東西，您要不要一起去呢？

● 우리 점심 식사나 같이 할까요?

u-ri jeom-sim sik-ssa-na ga-chi hal-kka-yo?

我們要不要一起吃中餐呢？

● 점심 먹으면서 업무 얘기를 하는 게 어때요?

jeom-sim meo-geu-myeon-seo eom-mu yae-gi-reul ha-neun ge eo-ttae-yo?

我們邊吃中餐，邊討論業務，您覺得如何呢？

● 어디 들러서 점심이나 먹읍시다.

eo-di deul-leo-seo jeom-si-mi-na meo-geup-ssi-da.

我們看看在哪裡停留一下，一起吃中餐吧。

● 제가 점심을 대접하겠습니다.

je-ga jeom-si-meul ttae-jeo-pa-get-sseum-ni-da.

讓我招待您吃頓（中餐）飯吧。

● 뭐 좀 간단히 먹으러 갑시다.

mwo jom gan-dan-hi meo-geu-reo gap-ssi-da.

我們簡單地去吃一點東西吧。

● 전화로 점심을 시켜 먹을까요?

jeon-hwa-ro jeom-si-meul ssi-kyeo meo-geul-kka-yo?

我們中餐（打電話）叫外送吧？

● 언제 식사나 같이 합시다.

eon-je sik-ssa-na ga-chi hap-ssi-da.

下次一起吃飯吧。

● 가 : 어떤 음식을 드시겠습니까?

ga:eo-tteon eum-si-geul tteu-si-get-sseum-ni-kka?

您要吃點什麼？

나 : 아직 결정을 못했습니다.

na: a-jik gyeol-jeong-eul mo-taet-sseum-ni-da.

我還沒有決定好。

● 빠르고 쉽게 준비되는 게 뭐죠?

ppa-reu-go swip-kke jun-bi-doe-neun ge mwo-jyo?

有沒有快餐之類的？

● 저는 잘 모르니까. 제 대신 주문해 주시겠습니까?

jeo-neun jal mo-reu-ni-kka. je dae-sin ju-mun-hae ju-si-get-sseum-ni-kka?

我也不知道（要點什麼），您（可以）幫我點嗎？

● 제가 알아서 주문할게요 .

je-ga a-ra-seo ju-mun-hal-kke-yo.

我來點菜。

● 신경 쓰지 마세요 . 저는 다 잘 먹으니까요 .

sin-gyeong sseu-ji ma-se-yo. jeo-neun da jal meo-geu-ni-kka-yo.

別擔心，我什麼都吃。

● 치즈 좀 더 주시겠습니까 ?

chi-jeu jom deo ju-si-get-sseum-ni-kka?

可以再給我一點起司嗎 ?

● 이 접시들 좀 치워 주시겠습니까 ?

i jeop-ssi-deul jjom chi-wo ju-si-get-sseum-ni-kka?

可以幫我整理一下（桌面的）餐盤嗎 ?

● 한국 요리를 먹는 것이 좋겠어요 .

han-guk yo-ri-reul meong-neun geo-si jo-ke-sseo-yo.

我想要來點韓國料理。

商務出差、
旅行

● 대만 음식을 드셔보신 적이 있으세요 ?

dae-man eum-si-geul tteu-syeo-bo-sin jeo-gi i-sseu-se-yo?

您有吃過台灣菜嗎 ?

● 제일 좋아하는 대만 음식이 뭐죠 ?

je-il jo-a-ha-neun dae-man eum-si-gi mwo-jyo?

您最喜歡的台灣菜是什麼呢 ?

● 한국 음식과 비교해 볼 때 , 대만 음식은 어떻습니까 ?

han-guk eum-sik-kkwa bi-gyo-hae bol ttae, dae-man eum-si-geun eo-tteo-sseum-ni-kka?

台灣菜跟韓國料理比起來，您覺得味道怎樣呢？

● 이번엔 쇠고기면을 한번 드셔보는 게 어때요 ?

i-beo-nen soe-go-gi-myeo-neul han-beon deu-syeo-bo-neun ge eo-ttae-yo?

這一次我們去吃牛肉麵，您覺得如何呢？

● 여기 쇠고기면은 정말 대단해요 .

yeo-gi soe-go-gi-myeo-neun jeong-mal ttae-dan-hae-yo.

這裡的牛肉麵真的很有名、好吃。

● 이 집은 새우가 일품입니다 .

i ji-beun sae-u-ga il-pu-mim-ni-da.

這家店裡面，蝦子最有名。

● 맛이 어떻습니까 ?

ma-si eo-tteo-sseum-ni-kka?

味道如何呢？

● 음식이 너무 맵군요 .

eum-si-gi neo-mu maep-kku-nyo.

（菜）好辣喔。

이건 제 입맛에 안 맞아요.

i-geon je im-ma-se an ma-ja-yo.

（菜）不合我的胃口、不對味。

제가 과식을 했나 봐요.

je-ga gwa-si-geul haen-na bwa-yo.

我好像吃太多了（所以胃不太舒服）。

저기요.

jeo-gi-yo.

（呼喚服務生）這裡！

여기요.

yeo-gi-yo.

（呼喚服務生）這裡！

제가 낼게요.

je-ga nael-ge-yo.

我來付錢。

제가 지불하겠습니다.

je-ga ji-bul-ha-get-sseum-ni-da.

我來結帳。

商務出差、
旅行

따로따로 계산해 주세요.

tta-ro-tta-ro gye-san-hae ju-se-yo.

請幫我分開算吧。

따로따로 계산해도 되죠?

tta-ro-tta-ro gye-san-hae-do doe-jyo?

我們各付各的，可以吧？

전 제 계산에서 10(십)%에 해당하는 팁을 남기는 것이 일반적이에요.

jeon je gye-sa-ne-seo 10(sip)%e hae-dang-ha-neun ti-beul nam-gi-neun geo-si il-ban-jeo-gi-e-yo.

一般來説在結帳時，都會給一成的服務費。

팁이 포함된 건가요?

ti-bi po-ham-doen geon-ga-yo?

這（費用）有包括小費嗎？

계산이 틀린 것 같습니다.

gye-sa-ni teul-lin geot gat-sseum-ni-da.

您好像算錯錢、費用了。

8 問路以及搭乘交通工具用語 ((●)) **51**

실례합니다. 길 좀 알려주시겠어요?

sil-lye-ham-ni-da. gil jom al-lyeo-ju-si-ge-sseo-yo?

不好意思，我能問一下路嗎？

길을 잃어버렸습니다 .

gi-reul i-reo-beo-ryeot-sseum-ni-da.

我迷路了。

여기가 어디입니까 ?

yeo-gi-ga eo-di-im-ni-kka?

請問這裡是哪裡？

여기가 무슨 거리죠 ?

yeo-gi-ga mu-seun geo-ri-jyo?

請問這是什麼路（街道名）？

시청으로 가는 길을 좀 가르쳐 주시겠습니까 ?

si-cheong-eu-ro ga-neun gi-reul jjom ga-reu-cheo ju-si-get-sseum-ni-kka?

您能告訴我前往市政府的路嗎？

실례합니다 , 이건 무슨 길입니까 ?

sil-lye-ham-ni-da, i-geon mu-seun gi-rim-ni-kka?

不好意思，請問這是什麼路？

잘 못 왔습니까 ?

jal mot wat-sseum-ni-kka?

我走錯路了嗎？

● 이 근처라고 하던데요.

i geun-cheo-ra-go ha-deon-de-yo.

聽說是在這附近。

● 가 : 어디로 가야 합니까?

ga: eo-di-ro ga-ya ham-ni-kka?

要往哪裡走呢?

나 : 곧장 가세요.

na: got-jjang ga-se-yo.

請直走。

● 두 번째 사거리에 가서, 오른쪽으로 도세요.

du beon-jjae sa-geo-ri-e ga-seo, o-reun-jjo-geu-ro do-se-yo.

請到第二個十字路口,往右轉。

● 큰 사거리가 나올 때까지 이 길을 계속 걸어가세요.

keun sa-geo-ri-ga na-ol ttae-kka-ji i gi-reul kkye-sok geo-reo-ga-se-yo.

一直往前走,直到前方出現一個大的十字路口。

● 저와 함께 가시죠.

jeo-wa ham-kke ga-si-jyo.

我帶您去吧。

跟著我走吧。

● 미안합니다만 , 저도 이곳이 초행입니다 .

mi-an-ham-ni-da-man, jeo-do i-go-si cho-haeng-im-ni-da.

不好意思，我對這地方也不熟。

● 잠깐만 기다리세요 . 누군가에게 물어보고 가르쳐 드리겠습니다 .

jam-kkan-man gi-da-ri-se-yo. nu-gun-ga-e-ge mu-reo-bo-go ga-reu-cheo
deu-ri-get-sseum-ni-da.

請您等我一下，我幫您問一下其他人之後，再告訴您。

● 데려다 주실 수 있습니까 ?

de-ryeo-da ju-sil su it-sseum-ni-kka?

可以帶我去嗎 ?

● 약도를 그려 주시겠습니까 ?

yak-tto-reul kkeu-ryeo ju-si-get-sseum-ni-kka?

可以幫我畫個簡單的地圖嗎 ?

● 여기서 얼마나 걸립니까 ?

yeo-gi-seo eol-ma-na geol-lim-ni-kka?

到這裡要花多少時間呢 ?

商務出差、
旅行

● 가 : 시내 쪽으로 가려면 여기서 버스를 타야합니까 ?

ga: si-nae jjo-geu-ro ga-ryeo-myeon yeo-gi-seo beo-seu-reul ta-ya-
ham-ni-kka?

往市區的公車是在這裡搭嗎 ?

나 : 네, 819(팔일구) 번 버스를 타세요 .
na: ne, 819(pa-ril-gu)beon beo-seu-reul ta-se-yo.
是的，請搭 819 公車。

● 시청으로 가려면 몇 번 버스를 타야 합니까 ?
si-cheong-eu-ro ga-ryeo-myeon myeot beon beo-seu-reul ta-ya ham-ni-kka?
請問一下，我要前往市政府要搭乘幾號公車 ?

● 대공원으로 가려면 몇 번 버스를 타야 합니까 ?
dae-gong-wo-neu-ro ga-ryeo-myeon myeot beon beo-seu-reul ta-ya ham-ni-kka?
請問一下，我要前往大公園要搭乘幾號公車 ?

● 이 버스가 시청을 지나갑니까 ?
i beo-seu-ga si-cheong-eul jji-na-gam-ni-kka?
這公車有經過市政府嗎 ?

● 502(오백이) 번 버스는 얼마나 자주 운행됩니까 ?
502(o-bae-gi)beon beo-seu-neun eol-ma-na ja-ju un-haeng-doem-ni-kka?
502 號公車多久來一班 ?

● 시청까지 몇 정거장이 됩니까 ?
si-cheong-kka-ji myeot jeong-geo-jang-i doem-ni-kka?
到市政府前，(公車) 總共要停幾站 ?

● 어디서 지하철을 갈아타야 하는지 알려 주세요.
eo-di-seo ji-ha-cheo-reul kka-ra-ta-ya ha-neun-ji al-lyeo ju-se-yo.
請您告訴我，在哪裡可以換乘捷運。

● 한강 공원에 가려면 어디서 갈아타야 합니까?
han-gang gong-wo-ne ga-ryeo-myeon eo-di-seo ga-ra-ta-ya ham-ni-kka?
哪裡可以轉乘前往漢江公園呢？

● 어디로 모실까요?
eo-di-ro mo-sil-kka-yo?
您要去哪裡？（搭計程車時）

● 가까운 지하철역까지 좀 태워 주시겠습니까?
ga-kka-un ji-ha-cheo-ryeok-kka-ji jom tae-wo ju-si-get-sseum-ni-kka?
可以帶我到最近的捷運站嗎？

● 이 주소로 데려다 주시겠어요?
i ju-so-ro de-ryeo-da ju-si-ge-sseo-yo?
可以請您帶我去這個地址嗎？

● 안전벨트 착용은 법으로 의무화 되어 있습니다.
an-jeon-bel-teu cha-gyong-eun beo-beu-ro ui-mu-hwa doe-eo it-sseum-ni-da.
請您繫好安全帶。
我們國家規定，乘客有義務要繫好安全帶。

● 정말 교통체증이 심하군요.

jeong-mal kkyo-tong-che-jeung-i sim-ha-gu-nyo.

真的交通阻塞很嚴重呢。

● 여기에서 내립니다.

yeo-gi-e-seo nae-rim-ni-da.

我在這裡下車。

● 앞에 있는 교차로에서 세워주세요.

a-pe in-neun gyo-cha-ro-e-seo se-wo-ju-se-yo.

請在前面交叉路口停車。

● 앞에 있는 교차로에서 세워 주시겠습니까?

a-pe in-neun gyo-cha-ro-e-seo se-wo ju-si-get-sseum-ni-kka?

可以(請您)在前面的交叉路口停車嗎?

● 이 근처 아무데나 세워 주세요.

i geun-cheo a-mu-de-na se-wo ju-se-yo.

請在這附近停車。

● 요금을 너무 많이 청구하시는군요.

yo-geu-meul neo-mu ma-ni cheong-gu-ha-si-neun-gu-nyo.

您好像多收了(車錢)費用。

● 거리에 비해 요금이 너무 많군요.

geo-ri-e bi-hae yo-geu-mi neo-mu man-ku-nyo.

這個路程,費用收費太高了。

262

● 영수증 끊어주세요 .

yeong-su-jeung kkeu-neo-ju-se-yo.

請幫我開發票。

● 빈 영수증 몇장만 주세요 .

bin yeong-su-jeung myeot-jjang-man ju-se-yo.

請給我幾張空白發票。

● 잔돈은 그냥 두세요 .

jan-do-neun geu-nyang du-se-yo.

零錢不用找。

● 트렁크에서 제 짐 꺼내는 걸 도와 주시겠습니까 ?

teu-reong-keu-e-seo je jim kkeo-nae-neun geol do-wa ju-si-get-sseum-ni-kka?

能幫我從後車廂拿出行李來嗎？

● 저의 핸드백이 문틈에 끼었어요 .

jeo-ui haen-deu-bae-gi mun-teu-me kki-eo-sseo-yo.

我的手提包被車門卡住了。

商務出差、
旅行

9 購物以及觀光用語 ((●)) **52**

● 모자를 좀 보고 싶습니다 .

mo-ja-reul jjom bo-go sip-sseum-ni-da.

我想看看那頂帽子。

● 청색 재킷을 찾는 데 도와 주시겠습니까?

cheong-saek jae-ki-seul chan-neun de do-wa ju-si-get-sseum-ni-kka?

我在找藍色的夾克，可以請您幫忙嗎？

● 이 스타일로 좀 작은 것이 있습니까?

i seu-ta-il-lo jom ja-geun geo-si it-sseum-ni-kka?

有沒有這款式，但是尺寸比較小一點的呢？

● 이 스타일로 좀 큰 것이 없습니까?

i seu-ta-il-lo jom keun geo-si eop-sseum-ni-kka?

有沒有這款式，但是尺寸比較大一點的呢？

● 이 사이즈로 다른 것을 좀 보여 주세요.

i sa-i-jeu-ro da-reun geo-seul jjom bo-yeo ju-se-yo.

請給我看看和這個尺寸一樣的其他款式。

● 좀 더 싼 것은 없습니까?

jom deo ssan geo-seun eop-sseum-ni-kka?

沒有比較便宜的款式嗎？

● 많이 사면 값을 깎아 줍니까?

ma-ni sa-myeon gap-sseul kka-kka jum-ni-kka?

如果我買多一點的話，可以算我便宜一點嗎？

● 잠깐 생각해 볼게요.

jam-kkan saeng-ga-kae bol-ge-yo.

我想看看、考慮看看。

● 다른 데하고 비교 좀 해 봐야겠습니다 .

da-reun de-ha-go bi-gyo jom hae bwa-ya-get-sseum-ni-da.

我去其他賣場比價看看。

● 전부 얼마입니까 ?

jeon-bu eol-ma-im-ni-kka?

全部多少錢呢？

● 할인하면 얼마입니까 ?

ha-rin-ha-myeon eol-ma-im-ni-kka?

折扣後是多少呢？

● 현금으로 사시면 얼마쯤 감해 드립니다 .

hyeon-geu-meu-ro sa-si-myeon eol-ma-jjeum gam-hae deu-rim-ni-da.

付現金的話，可以給您一點折扣。

● 이것을 신용카드로 계산할 수 있습니까 ?

i-geo-seul ssi-nyong-ka-deu-ro gye-san-hal ssu it-sseum-ni-kka?

我可以用信用卡結帳嗎？

● 현금대신 수표는 안 됩니까 ?

hyeon-geum-dae-sin su-pyo-neun an doem-ni-kka?

（取代現金）我用支票結帳可以嗎？

● 영수증 좀 끊어 주세요 .

yeong-su-jeung jom kkeu-neo ju-se-yo.

請給我（購物）收據。

● 계산이 잘못된 것 같습니다 .

gye-sa-ni jal-mot-ttoen geot gat-sseum-ni-da.

您好像算錯錢了。

● 거스름돈이 모자라는 것 같군요 .

geo-seu-reum-do-ni mo-ja-ra-neun geot gat-kku-nyo.

您好像找錯錢了。

● 당신이 알고 있는 재미있는 곳을 추천해 주시겠습니까 ?

dang-si-ni al-kko in-neun jae-mi-in-neun go-seul chu-cheon-hae ju-si-get-sseum-ni-kka?

您可以推薦給我（您知道的）有趣的地方（觀光景點）嗎？

● 여기에서 가장 값싸게 여행할 수 있는 방법이 무엇입니까 ?

yeo-gi-e-seo ga-jang gap-ssa-ge yeo-haeng-hal su in-neun bang-beo-bi mu-eo-sim-ni-kka?

在這裡最省錢的旅行方法是什麼？

● 거기에는 볼 데가 아주 많아요 .

geo-gi-e-neun bol de-ga a-ju ma-na-yo.

那裡值得一看的（風景、景點）地方很多。

● 어디를 구경하셨습니까 ?

eo-di-reul kku-gyeong-ha-syeot-sseum-ni-kka?

您去哪裡參觀過了 ?

● 어떻게 하면 그 지역을 잘 구경할 수 있죠 ?

eo-tteo-ke ha-myeon geu ji-yeo-geul jjal kku-gyeong-hal ssu it-jjyo?

要怎麼（如搭乘什麼遊覽公車）才能好好觀賞到那個地區的景點
呢 ?

● 대만에서 가장 인상 깊은 것이 무엇이었죠 ?

dae-ma-ne-seo ga-jang in-sang gi-peun geo-si mu-eo-si-eot-jjyo?

台灣最讓您印象深刻的是什麼 ?

● 고궁을 돌아보는 관광이 있습니까 ?

go-gung-neul tto-ra-bo-neun gwan-gwang-i it-sseum-ni-kka?

有參觀故宮的行程嗎 ?

● 박물관 입장료가 얼마입니까 ?

bang-mul-gwan ip-jjang-nyo-ga eol-ma-im-ni-kka?

博物館的門票多少錢 ?

商務出差、
旅行

● 경치가 말로 표현할 수 없을 만큼 아름답군요 .

gyeong-chi-ga mal-lo pyo-hyeon-hal ssu eop-sseul man-keum a-reum-
dap-kku-nyo.

這風景真的是無法用言語表達出來的美啊 。

● 사진 한 장 찍어 드릴까요?

sa-jin han jang jji-geo deu-ril-kka-yo?

要我幫您拍張照片嗎?

● 여기서 사진 찍어도 돼요?

yeo-gi-seo sa-jin jji-geo-do dwae-yo?

我可以在這裡拍照嗎?

● 플레시를 터트려도 돼요?

peul-le-si-reul teo-teu-ryeo-do dwae-yo?

我可以用閃光燈拍照嗎?

● 플레시를 안 터트리면 찍어도 돼요?

peul-le-si-reul an teo-teu-ri-myeon jji-geo-do dwae-yo?

如果我不用閃光燈照相,可以嗎?

● 함께 찍어요.

ham-kke jji-geo-yo.

一起拍照吧。

● 사진 한 장 찍어 주세요.

sa-jin han jang jji-geo ju-se-yo.

請幫我拍張照片。

● 그냥 이 버튼을 누르면 돼요.

geu-nyang i beo-teu-neul nu-reu-myeon dwae-yo.

按這個鈕就可以囉。

● 당신 사진을 찍어도 되겠습니까?

dang-sin sa-ji-neul jji-geo-do doe-get-sseum-ni-kka?

我可以拍張您的照片嗎?

● 저와 함께 서서 사진 한 장 찍으시겠습니까?

jeo-wa ham-kke seo-seo sa-jin han jang jji-geu-si-get-sseum-ni-kka?

請問您可以跟我一起拍張合照嗎?

CHAPTER 8
緊急情況

緊急狀況雖然人人都不想自己遇到，但萬一我們商務出差在國外發生一些緊急情況時，這些用語就派得上用場，例如身體不舒服或是護照、包包遺失、需要他人幫忙等等的情況。筆者也希望各位在國外盡量不要遇到以上這些情況，能健健康康地出國，平平安安地回家是最好的！但是為了安全起見，還是整理出以下許多用語，以備不時之需。

CHAPTER 8
緊急情況

陳先生到醫院看病，有點頭昏，
身體很虛弱。

超實用句子現學現賣

1　身體不舒服時　((●)) 53

● 가 : 어디 아픕니까 ?
ga: eo-di a-peum-ni-kka?
哪裡不舒服呢 ?

나 : 현기증이 조금 납니다 .
na: hyeon-gi-jeung-i jo-geum nam-ni-da.
我的頭有點暈。

● 증상이 어떻습니까 ?
jeung-sang-i eo-tteo-sseum-ni-kka?
症狀是什麼呢 ?

● 감기인가 봐요 .

gam-gi-in-ga bwa-yo.

好像感冒了。

● 기침이 멈추지 않아요 ./ (열)이 내리지 않아요 .

gi-chi-mi meom-chu-ji a-na-yo./ (yeol)i nae-ri-ji a-na-yo.

一直咳嗽 / 一直發燒。

● 배가 아파요 .

bae-ga a-pa-yo.

肚子痛。

● 여기가 아픈데요 .

yeo-gi-ga a-peun-de-yo.

(指著痛處告訴他人) 這裡痛。

● 멍이 들었어요 .

meong-i deu-reo-sseo-yo.

瘀血了。

● 토했어요 .

to-hae-sseo-yo.

我吐了。

緊急情況

● 체한 것 같아요.

che-han geot ga-ta-yo.

我好像消化不良。

● 다리가 부러진 것 같아요.

da-ri-ga bu-reo-jin geot ga-ta-yo.

我的腳好像骨折了。

● 식중독인가 봐요.

sik-jjung-do-gin-ga bwa-yo.

我好像食物中毒。

● 근처에 약국이 있나요?

geun-cheo-e yak-kku-gi in-na-yo?

這附近有藥局嗎？

● 근처에 병원이 있습니까?

geun-cheo-e byeong-wo-ni it-sseum-ni-kka?

這附近有醫院嗎？

● 소화제 (진통제) 가 필요합니다.

so-hwa-je(jin-tong-je)ga pi-ryo-ham-ni-da.

我需要消化劑（止痛藥）。

● 아스피린 있나요 ?
a-seu-pi-rin in-na-yo?
有阿司匹靈嗎 ?

● 안약 좀 주세요 .
a-nyak jom ju-se-yo.
請給我眼藥水。

● 콘돔 (설사약 / 피임약 / 혈압약) 이 있어요 ?
kon-dom(seol-sa-yak/pi-i-myak/hyeo-ra-byak)i i-sseo-yo?
有保險套 (止瀉藥 / 避孕藥 / 降血壓藥) 嗎 ?

● 생리대 주세요 .
saeng-ni-dae ju-se-yo.
請給我衛生棉。

● 처방전을 주세요 .
cheo-bang-jeo-neul jju-se-yo.
請給我處方籤。

● 이 처방전대로 조제해 주세요 .
i cheo-bang-jeon-dae-ro jo-je-hae ju-se-yo.
（給處方籤）請照這個處方籤開藥給我。

緊急情況

● 이 약을 어떻게 복용합니까?

i ya-geul eo-tteo-ke bo-gyong-ham-ni-kka?

這藥要怎麼吃呢?

● 하루에 몇 알을 복용해야 합니까?

ha-ru-e myeot a-reul ppo-gyong-hae-ya ham-ni-kka?

一天要吃幾顆呢?

● 식사 전에 복용합니까?

sik-ssa jeo-ne bo-gyong-ham-ni-kka?

飯前吃藥嗎?

● 식사 후에 복용합니까?

sik-ssa hu-e bo-gyong-ham-ni-kka?

飯後吃藥嗎?

● 진단서를 부탁합니다.

jin-dan-seo-reul ppu-ta-kam-ni-da.

請開診斷書給我。

2 **遺失東西時** ((●)) **54**

● 가 : 뭘 잃어버렸습니까?

ga: mwol i-reo-beo-ryeot-sseum-ni-kka?

您丟了什麼東西呢?

나 : 저의 여권을 잃어버렸어요 .

na: jeo-ui yeo-gwo-neul i-reo-beo-ryeo-sseo-yo.

我的護照遺失了。

● 여권을 재발급해 주세요 .

yeo-gwo-neul jjae-bal-kkeu-pae ju-se-yo.

請再重新發護照給我。

● 대만 대표부 전화번호가 몇 번입니까 ?

dae-man dae-pyo-bu jeon-hwa-beon-ho-ga myeot beo-nim-ni-kka?

台灣代表處電話是幾號呢？

● 대만 대표부에 연락 좀 해주세요 .

dae-man dae-pyo-bu-e yeol-lak jom hae-ju-se-yo.

請幫我聯絡台灣代表處。

● 어디서 잃어버렸는지 모르겠어요 .

eo-di-seo i-reo-beo-ryeon-neun-ji mo-reu-ge-sseo-yo.

我不知道在哪邊弄丟的。

● 아마도 택시 (커피숍 / 길) 에서 잃어버린 것 같습니다 .

a-ma-do taek-ssi(keo-pi-syop/gil)e-seo i-reo-beo-rin geot gat-sseum-ni-da.

可能在計程車（咖啡廳 / 路上）弄丟的。

緊急情況

● 분실물 창구는 어디입니까?

bun-sil-mul chang-gu-neun eo-di-im-ni-kka?

請問失物招領處在哪裡呢？

● 분실물취급소가 어디예요?

bun-sil-mul-chwi-geup-sso-ga eo-di-ye-yo?

請問失物招領處在哪裡呢？

● 일단 찾으면 이 곳으로 연락 주세요.

il-dan cha-jeu-myeon i go-seu-ro yeol-lak ju-se-yo.

（把自己的聯絡地址給對方）如果找到的話，請聯絡這地址。

● 일단 찾으면 이 번호로 전화해 주세요.

il-dan cha-jeu-myeon i beon-ho-ro jeon-hwa-hae ju-se-yo.

（把自己的聯絡電話給對方）如果找到的話，請打這電話給我。

3 ▶ 需要警察幫忙時 ((●)) 55

● 도와 주세요.

do-wa ju-se-yo.

請幫幫我。

● 경찰을 불러주세요.

gyeong-cha-reul ppul-leo-ju-se-yo.

請幫我叫警察。

● 경찰서가 어디 있어요?

gyeong-chal-sseo-ga eo-di i-sseo-yo?

警察局在哪裡呢？

● 경찰서 전화번호를 알려 주세요.

gyeong-chal-sseo jeon-hwa-beon-ho-reul al-lyeo ju-se-yo.

請告訴我警察局的電話號碼。

● 제 가방 (지갑 / 핸드폰 / 시계) 이 도난당했어요.

je ga-bang (ji-gap/haen-deu-pon/si-gye)i do-nan-dang-hae-sseo-yo.

我的包包（錢包 / 手機 / 手錶）被偷了。

● 가 : 가방 안에 뭐가 있어요?

ga: ga-bang a-ne mwo-ga i-sseo-yo?

包包裡面有什麼？

나 : 안에는 지갑과 여권하고 카메라가 있어요.

na: a-ne-neun ji-gap-kkwa yeo-gwon ha-go ka-me-ra-ga i-sseo-yo.

裡面有錢包、護照以及照相機。

● 제 잘못이 아니예요.

je jal-mo-si a-ni-e-yo.

不是我的錯。

緊急情況

※ 貼心小提醒：
筆者幫各位找出駐韓台灣代表處電話，以及台灣駐韓代表處電話，萬一真的在旅行
中出現緊急狀況，可是要第一時間聯絡喔：
駐韓台灣代表處
地址：首爾鍾路區世宗路 211 光化門大廈 6 層　電話：(02)399-2780　電子郵件：
tmikid@chollian.net
駐臺北韓國代表部
地址：台北市基隆路 1 段 333 號 1506 室　電話：(02)2758-8320~5　傳真：
(02)2757-7006

※ 當然，有關於更多道地、豐富的韓國觀光旅行會話，請各位參考敝人的另外一本
拙作，錄將近一千句實用會話韓語書 --《背包韓語》（聯經出版）。

附錄一

商用韓語關鍵詞彙

在學習完、熟悉前面的基本商場韓國語對話，筆者特別花時間，整理出在此書中對話中常常出現的商用韓國語關鍵詞彙，依動詞、名詞、形容詞以及副詞四大範疇，方便讀者們使用學習，也請讀者掌握底下這些基本的商場韓國語單字。

1 動詞部分

ㄱ

가지다	ga-ji-da	帶著、持有著
가르치다	ga-reu-chi-da	告訴、教導
갈아타다	ga-ra-ta-da	換乘
감사하다	gam-sa-ha-da	感謝、感激
감하다	gam-ha-da	減少
거절하다	geo-jeol-ha-da	拒絕
걸다	geol-da	打（電話）
걸리다	geol-li-da	花費（時間）
거래하다	geo-rae-ha-da	做生意、交易
검토하다	geom-to-ha-da	檢討
그리다	geu-ri-da	畫
그만두다	geu-man-du-da	放棄、擱下
견디다	gyeon-di-da	撐、經受
결심하다	gyeol-sim-ha-da	下定決心
결정하다	gyeol-jeong-ha-da	做決定
과속하다	gwa-so-ka-da	超速
과식하다	gwa-si-ka-da	吃太多、飲食過量
기다리다	gi-da-ri-da	等待

계시다	gye-si-da	在
권하다	gwon-ha-da	勸、勸說
구입하다	gu-i-pa-da	購買
구경하다	gu-gyeong-ha-da	觀賞、觀看
고장나다	go-jang-na-da	故障
고찰하다	go-chal-ha-tta	考察、檢討
관리하다	gwal-li-ha-da	管理、控制
관광하다	gwan-gwang-ha-da	觀光
계속하다	gye-so-ka-da	繼續、不間斷

끼다	kki-da	夾住
끝나다 ●	kkeun-na-da	（被）結束
끝내다 ●	kkeun-nae-da	結束
끊다	kkeun-ta	戒掉（酒、香菸）、掛斷（電話）

● 有關於「끝나다」以及「끝내다」在中文語境中都翻成結束，但嚴格來說，前者應該翻成：「被結束」，呈現一種被動的動詞，也就是不及物動詞（或者是韓國語文法中的「自動詞」），而後者則是一種主動、及物動詞（韓國語文法中的「被動詞」），更詳細的文法說明，請見敝人另外兩本陋作：《簡單快樂韓國語 1》（統一出版社）以及《韓國人天天都會用到的 500 動詞》（瑞蘭出版社。）

남다	nam-da	剩下、留下
나오다	na-o-da	出來、出現
나누다	na-nu-da	分享、共享
납득하다	nap-tteu-ka-da	領會、搞清楚
납품하다	nap-pum-ha-da	交貨
낙심하다	nak-ssim-ha-da	失望、氣餒
노력하다	no-ryeo-ka-da	努力
놀다	nol-da	玩

놓다	no-ta	放
놓치다	not-chi-da	錯失、錯過
누르다	nu-reu-da	按
눕히다	nu-pi-da	放平、躺平

ㄷ

다투다	da-tu-da	爭吵
달라다	dal-la-da	要求
당하다	dang-ha-da	遭遇
도착하다	do-cha-ka-da	到達、抵達
돕다	dop-tta	幫忙
돌아가다	do-ra-ga-da	回去
돌아오다	do-ra-o-da	回來
동의하다	dong-ui-ha-da	同意、支持
듣다	deut-tta	聽
드리다	deu-ri-da	贈與、給予
들리다	deul-li-da	聽見
득남하다	deung-nam-ha-da	得子、當爸爸
들어가다	deu-reo-ga-da	進去
들어오다	deu-reo-o-da	進來
대하다	dae-ha-da	對待、處理
대신하다	dae-sin-ha-da	代替、取代
대기하다	dae-gi-ha-da	待機（如等待飛機補位）
데리다	de-ri-da	帶、率領

떠나다	tteo-na-da	離開
떠오르다	tteo-o-reu-da	顯現、浮現

ㅁ

마시다	ma-si-da	喝
마치다	ma-chi-da	結束
만나다	man-na-da	見面
맞추다	mat-chu-da	對準、中
말하다	mal-ha-tta	説話、説
말씀하다	mal-sseum-ha-da	言之
맞다	mat-tta	對、合乎正確
맡다	mat-tta	承擔
머무르다	meo-mu-reu-da	停留、（在旅館）過夜
먹다	meok-tta	吃
모시다	mo-si-da	陪伴、服侍
모르다	mo-reu-da	不知道、不懂
모으다	mo-eu-da	募集、召集
믿다	mit-tta	相信
밀리다	mil-li-da	積壓、累積
묻다	mut-tta	詢問

ㅂ

받다	bat-tta	接、收
바꾸다	ba-kku-da	換
반대하다	ban-dae-ha-da	反對
뵙다	boep-tta	會面、拜見
배우다	bae-u-da	學習
벗다	beot-tta	脫（鞋子、衣服）
변하다	byeon-ha-da	變化
보다	bo-da	看
보내다	bo-nae-da	發送、派送、度過

비하다	bi-ha-da	相比
비교하다	bi-gyo-ha-da	比較
보여주다	bo-yeo-ju-da	顯露、被看
발행하다	bal-haeng-ha-da	發行
보류하다	bo-ryu-ha-da	保留
빌리다	bil-li-da	借
부탁하다	bu-ta-ka-da	拜託
부치다	bu-chi-da	寄送、遞送、發款
변경하다	byeon-gyeong-ha-da	變更、變動
버리다	beo-ri-da	抛棄、棄之
부담하다	bu-dam-ha-da	負擔、拖累
불통이다	bul-tong-i-da	（電話）不通
분실하다	bun-sil-ha-da	（物品）遺失
발표하다	bal-pyo-ha-da	發表

| 빼앗다 | ppae-at-tta | 佔用、奪取 |

사다	sa-da	買
사용하다	sa-yong-ha-da	使用
사과하다	sa-gwa-ha-da	道歉
사인하다	sa-in-ha-da	簽名
승진하다	seung-jin-ha-da	升職、晉升
쇼핑하다	syo-ping-ha-da	購物
생기다	saeng-gi-da	發生、產生
시작하다	si-ja-ka-da	開始
생각하다	saeng-ga-ka-da	想、思考、考慮
쉬다	swi-da	休息
서두르다	seo-du-reu-da	動作快、加緊腳步
시도하다	si-do-ha-da	嘗試、試圖

실례하다	sil-lye-ha-da	失禮、打擾
신청하다	sin-cheong-ha-da	申請
설립하다	seol-li-pa-da	成立、創立
설명하다	seol-myeong-ha-da	說明
신고하다	sin-go-ha-da	提報、檢舉
손대다	son-dae-da	動手、觸碰
쓰다	sseu-da	寫
쌓이다	ssa-i-da	累積

ㅇ

알다	al-tta	知道
앉다	an-da	坐
알아보다	a-ra-bo-da	打聽
알려주다	al-lyeo-ju-da	告知、通知
읽다	ik-tta	讀
잊다	it-tta	忘記
인하하다	in-ha-ha-da	降價
일하다	il-ha-da	工作
이해하다	i-hae-ha-da	理解、體會
일어나다	i-reo-na-da	發生、產生
이야기하다	i-ya-gi-ha-da	說話、聊天
잃어버리다	i-reo-beo-ri-da	遺失、丟失
잊어버리다	i-jeo-beo-ri-da	忘記、遺忘
위로하다	wi-ro-ha-da	安慰、慰問
여쭈다	yeo-jju-da	稟報
연착하다	yeon-cha-ka-da	（飛機）誤點、延班
연락하다	yeol-la-ka-da	聯絡
연장하다	yeon-jang-ha-da	延長
연기하다	yeon-gi-ha-da	延期

완결하다	wan-gyeol-ha-da	結束、完結
완성하다	wan-seong-ha-da	完成
원하다	won-ha-da	希望、盼望
예약하다	ye-ya-ka-da	預約
예매하다	ye-mae-ha-da	預購
외식하다	oe-si-ka-da	在外面餐廳吃飯，吃館子

ㅈ

잡다	jap-tta	抓
잠그다	jam-geu-da	鎖上
작성하다	jak-sseong-ha-da	寫（業務報告）
적다	jeok-tta	記錄、抄寫
주다	ju-da	給
진정하다	jin-jeong-ha-da	鎮定、冷靜
지나다	ji-na-da	流逝、過去
지나가다	ji-na-ga-da	經過
지키다	ji-ki-da	守護、保護
지니다	ji-ni-da	攜帶、擁有
지내다	ji-nae-da	度過
지불하다	ji-bul-ha-da	支付（款項）
진행하다	jin-haeng-ha-da	進行
주문하다	ju-mun-ha-da	訂購
점검하다	jeom-geom-ha-da	檢討
전하다	jeon-ha-da	傳遞、轉交（物品、消息）
전화하다	jeon-hwa-ha-da	打電話
정시하다	jeong-si-ha-da	正視
조절하다	jo-jeol-ha-da	調整、操作（機器）
재발급하다	jae-bal-kkeu-pa-da	再發與（證明書）

재조정하다	jae-jo-jeong-ha-da	再制訂
조퇴하다	jo-toe-ha-da	提早下班

찍다	jjik-tta	照、蓋

ㅊ

참다	cham-da	忍耐
착수하다	chak-ssu-ha-da	著手、起步（做某事情）
참석하다	cham-seo-ka-da	參加、出席
찬성하다	chan-seong-ha-da	贊成
초대하다	cho-dae-ha-da	招待
추천하다	chu-cheon-ha-da	推薦
출장하다	chul-jang-ha-da	出差
출발하다	chul-bal-ha-tta	出發
축하하다	chu-ka-ha-da	祝賀
처리하다	cheo-ri-ha-da	處理、解決
채용하다	chae-yong-ha-da	採用、雇用
체류하다	che-ryu-ha-da	停留
취급하다	chwi-geu-pa-da	經營、處理、經手
체하다	che-ha-da	胃不舒服、滯胃
체크하다	che-keu-ha-da	查對、校核
체크아웃	che-keu-a-ut	退房

ㅌ

탐색하다	tam-sae-ka-da	打聽、探聽
태어나다	tae-eo-na-da	出生
탑승하다	tap-sseung-ha-da	搭乘
틀리다	teul-li-da	錯誤、失誤
통화하다	tong-hwa-ha-da	講電話

ㅍ

팔다	pal-tta	賣
파손되다	pa-son-doe-da	破損
팔리다	pal-li-da	銷售

ㅎ

하다	ha-da	做、行
할인하다	ha-rin-ha-da	打折、給折扣
혼동하다	hon-dong-ha-da	搞混亂、混同
흥정하다	heung-jeong-ha-da	殺價、討價還價
해고하다	hae-go-ha-da	解聘
확인하다	hwa-gin-ha-da	確認、確定
확신하다	hwak-ssin-ha-da	確信
환전하다	hwan-jeon-ha-da	換錢

ㄱ

기분	gi-bun	心情
계속	gye-sok	延續
개인적	gae-in-jeok	個人、私人
결과	gyeol-gwa	結果
금요일	geu-myo-il	星期五
교육적	gyo-yuk-jjeok	教育性
과장 (님)	gwa-jang(nim)	科長
급여	geu-byeo	薪水、支給
글씨	geul-ssi	字、字體
기회	gi-hoe	機會
간접	gan-jeop	間接
귀사	gwi-sa	貴公司
관계	gwan-gye	關係
개발품	gae-bal-pum	開發物
공장	gong-jang	工廠
가격	ga-gyeok	價格
값	gap	價錢
국내	gung-nae	國內
국외	gu-goe	國外
귀측	gwi-cheuk	貴下、您那邊
그림	geu-rim	圖畫、圖表
귀추	gwi-chu	趨勢
각도	gak-tto	角度
게이트	ge-i-teu	登機口
관세	gwan-se	關稅

귀중품	gwi-jung-pum	貴重物品
거리	geo-ri	距離、街道
그래프	geu-rae-peu	圖表
경치	gyeong-chi	經濟
거스름돈	geo-seu-reum-don	找零、零錢
근처	geun-cheo	附近
길	gil	路
구매자	gu-mae-ja	購買者、消費者
경찰서	gyeong-chal-sseo	警察局
결실	gyeol-sil	成果、收穫

ㄴ

능력	neung-nyeok	能力
누구	nu-gu	誰
눈물	nun-mul	涙水
내일	nae-il	明天
내년	nae-nyeon	明年
내용	nae-yong	內容
논제	non-je	主題、議題
날짜	nal-jja	日期
날	nal	日子
년	nyeon	年
나중	na-jung	以後

ㄷ

댁	daek	宅
다이어트	da-i-eo-teu	減肥、減重
덕분	deok-ppun	幸虧、托（您的）福氣
동료	dong-nyo	同事
당신	dang-sin	您
달러	dal-leo	美元
달	dal	月
다음	da-eum	下一個、次之
대만	dae-man	台灣
담당자	dam-dang-ja	（計畫）負責人
동안	dong-an	期間
답변	dap-ppyeon	答辯、回答
단위	da-nwi	單位
다량	da-ryang	大量
대답	dae-dap	回答
동행	dong-haeng	同行者、同伴者
뒤	dwi	後方
대표	dae-pyo	代表

ㄹ

라디오	ra-di-o	收音機

ㅁ

명함	myeong-ham	名片
뭐	mwo	什麼
무엇	mu-eot	什麼
모레	mo-re	後天
목요일	mo-gyo-il	星期四
문화적	mun-hwa-jeok	文化性
무단결근	mu-dan-gyeol-geun	無故曠班
메모	me-mo	留言
무슨	mu-seun	什麼
말씀	mal-sseum	言語
면허증	myeon-heo-jeung	執照、證照
며칠	myeo-chil	幾天日子
물론	mul-lon	無疑、沒問題
매출	mae-chul	銷售、賣出
모델	mo-del	（產品）模型
매상고	mae-sang-go	銷售量
물건	mul-geon	物品
목적	mok-jjeok	目的
목적지	mok-jjeok-jji	目的地
맥주	maek-jju	啤酒
미국	mi-guk	美國
면세품	myeon-se-pum	免稅品
마무리	ma-mu-ri	結尾、（工作）收尾

ㅂ

비즈니스	bi-jeu-ni-seu	商業、生意
배	bae	船
번역	beo-nyeok	翻譯
별일	byeo-ril	特別的事情
부장 (님)	bu-jang(nim)	部長
부탁	bu-tak	請求、拜託
보고서	bo-go-seo	報告書
봉급	bong-geup	工資、俸給
비용	bi-yong	費用
보너스	bo-neo-seu	獎金
비행기	bi-haeng-gi	飛機
번호	beon-ho	編號、號碼
보장	bo-jang	保障
박스	bak-sseu	箱子
보증	bo-jeung	保證、保固
방식	bang-sik	方式、方法
박리다매	bang-ni-da-mae	薄利多銷
본론	bol-lon	正題
방문	bang-mun	訪問、拜見
비자	bi-ja	簽證
베개	be-gae	枕頭
방	bang	房間
버스	beo-seu	公車
박물관	bang-mul-gwan	博物館
보수적	bo-su-jeok	保守性
분	bun	分、位

ㅅ

스트레스	seu-teu-re-seu	壓力
사람	sa-ram	人
선약	seo-nyak	與他人先約定、先約
신발	sin-bal	鞋子
상의	sang-ui	上衣、商量、討論
수요일	su-yo-il	星期三
시간	si-gan	時間
소개	so-gae	介紹
사업	sa-eop	事業
사장 (님)	sa-jang(nim)	社長
사회	sa-hoe	社會
사무실	sa-mu-sil	辦公室
소견	so-gyeon	見解
선생 (님)	seon-saeng(nim)	先生
성함	seong-ham	貴姓大名
소리	so-ri	聲音
수출업	su-chu-reop	輸出業
순이익	su-ni-ik	純利益
실적	sil-jeok	實際效果、成績
세계	se-gye	世界
시장	si-jang	市場
시스템	si-seu-tem	系統
사용법	sa-yong-beop	使用方法
세트	se-teu	一組、一套
상자	sang-ja	箱子
세일	se-il	特賣、推銷
송금	song-geum	匯款、寄款

상태	sang-tae	狀況、情況
손상	son-sang	損害、損失
선적	seon-jeok	船運
실수	sil-su	失誤
사실	sa-sil	事實、實際
수치	su-chi	數值、（統計）數字
상황	sang-hwang	情況
소주	so-ju	燒酒
생맥주	saeng-maek-jju	生啤酒
수표	su-pyo	支票
수속	su-sok	手續
수건	su-geon	手帕
수하물	su-ha-mul	行李
소지품	so-ji-pum	攜帶品
선물	seon-mul	禮物
속	sok	裡面
식당	sik-ttang	餐廳
사거리	sa-geo-ri	十字路口
사진	sa-jin	照片
생산적	saeng-san-jeok	生產性
사정	sa-jeong	私事、個人因素
사양서	sa-yang-seo	説明書
소매	so-mae	零售
서류	seo-ryu	文件

ㅇ

의지력	ui-ji-ryeok	意志力
안심	an-sim	安心
용기	yong-gi	勇氣
양복	yang-bok	西裝
이유	i-yu	理由
얼굴	eol-gul	臉、表情
원조	won-jo	幫忙、援助
요즘	yo-jeum	最近
이쪽	i-jjok	這邊
이름	i-reum	名字
어떻다	eo-tteo-ta	怎麼樣
언제	eon-je	何時
어디	eo-di	哪裡
일	il	事情
업무	eom-mu	工作、業務
약속	yak-ssok	約定、約會
음식	eum-sik	飲食
오늘	o-neul	今天
오전	o-jeon	上午
오후	o-hu	下午
어제	eo-je	昨天
일요일	i-ryo-il	星期天
일자리	il-ja-ri	工作機會、職位
요구	yo-gu	要求
예상	ye-sang	預想、預測
용건	yong-geon	來意、貴幹
월	wol	月

월급	wol-geup	月薪
의견	ui-gyeon	意見
우리	u-ri	我們
예측	ye-cheuk	預測
연료비용	yeol-lyo-bi-yong	燃料費
의중	ui-jung	心意
여지	yeo-ji	餘地、餘地
어느	eo-neu	哪一個
이상	i-sang	以上
요점	yo-jeom	重點
연간	yeon-gan	一年之間
일자	il-ja	日子
운송	un-song	配送、運送
이익	i-ik	利益
임시직원	im-si-ji-gwon	臨時雇員、約聘人員
용품	yong-pum	用品
유지비	yu-ji-bi	維修費
일리	il-li	有道理
인터넷	in-teo-net	網路
요금	yo-geum	費用
음료수	eum-nyo-su	飲料
약도	yak-tto	簡約的地圖
입장료	ip-jjang-nyo	門票、入場費
약	yak	藥品
안건	an-geon	案件
여권	yeo-gwon	護照
의문	ui-mun	疑問
원래	wol-lae	原本、原初
일부	il-bu	一部份

영화	yeong-hwa	電影
양식	yang-sik	表格、格式
입구	ip-kku	入口
의자	ui-ja	椅子
열쇠	yeol-soe	鑰匙
월요일	wo-ryo-il	星期一

ㅈ

정장	jeong-jang	正式的服裝
주의	ju-ui	注意
잠깐	jam-kkan	等一下、稍待
집	jip	家
짐	jim	行李
지금	ji-geum	現在
직원	ji-gwon	職員
전화	jeon-hwa	電話
장소	jang-so	場所
잠시	jam-si	一會、一下子
종업원	jong-eo-bwon	職員、從業員
정도	jeong-do	程度
직접	jik-jjeop	直接
직업	ji-geop	職業
진척	jin-cheok	進度
전부	jeon-bu	全部
자료	ja-ryo	材料
전자	jeon-ja	電子
자본금	ja-bon-geum	資本金
제품	je-pum	製品、產品

자회사	ja-hoe-sa	分公司
작년	jang-nyeon	去年
저희	jeo-hi	我們
점유율	jeo-myu-yul	佔有率
제안	je-an	提案
제도	je-do	制度
재고	jae-go	庫存
전략	jeol-lyak	策略、戰術、方法
전적	jeon-jeok	全面
좌석	jwa-seok	座位、坐席
정말	jeong-mal	實話、真實
저작권법	jeo-jak-kkwon-beop	智慧財產權
조건	jo-geon	條件
종류	jong-nyu	種類、類別
주말	ju-mal	週末
정오	jeong-o	中午
질의응답	ji-rui-eung-dap	問答討論、即席問答

ㅊ

초청	cho-cheong	請求
출장	chul-jang	出差
친구	chin-gu	朋友
출근	chul-geun	上班
최대한	choe-dae-han	最大、盡力
청구서	cheong-gu-seo	帳單
책임	chae-gim	責任
초점	cho-jeom	中心、問題點
추측	chu-cheuk	推測、猜想

차트	cha-teu	圖表
최근	choe-geun	最近
출구	chul-gu	出口
초행	cho-haeng	陌生、第一次來
층	cheung	樓層
차입금	cha-ip-kkeum	貸款

ㅋ

커피	keo-pi	咖啡
클레임	keul-le-im	抱怨、不滿
카메라	ka-me-ra	相機

ㅌ

토요일	to-yo-il	星期六
퇴근	toe-geun	下班
통보	tong-bo	通報、通知
타협점	ta-hyeop-jjeom	再一次協商
토요일	to-yo-il	星期六
퇴근	toe-geun	下班
통보	tong-bo	通報、通知
타협점	ta-hyeop-jjeom	再一次協商
팁	tip	小費
탑승구	tap-sseung-gu	搭乘口
트럼프	teu-reom-peu	撲克牌
타월	ta-wol	毛巾
택시	taek-ssi	計程車

ㅍ

파티	pa-ti	派對
팩스	paek-sseu	傳真
편지	pyeon-ji	信件
판촉	pan-chok	促銷
평균적	pyeong-gyun-jeok	平均
포장	po-jang	包裝
판단	pan-dan	判斷
표	pyo	票
펜	pen	筆

ㅎ

힘	him	力氣
효과적	hyo-gwa-jeok	有效果
행동	haeng-dong	行動
화요일	hwa-yo-il	星期二
회사	hoe-sa	公司
회의	hoe-ui	會議
항목	hang-mok	項目
하루	ha-ru	一天
혜택	hye-taek	福利、優待
휴가	hyu-ga	休假
휴회	hyu-hoe	（會議）休會
형편	hyeong-pyeon	形勢、局面
회의실	hoe-ui-sil	會議室
회장 (님)	hoe-jang(nim)	會長
협상	hyeop-ssang	協商

할인	ha-rin	折扣
환어음	hwa-neo-eum	匯票
혼란	hol-lan	混亂
해결책	hae-gyeol-chaek	解決方法
현실적	hyeon-sil-jeok	現實、實際
현금	hyeon-geum	現金
화장실	hwa-jang-sil	廁所、化妝室
휴지	hyu-ji	衛生紙

3 形容詞部分

ㄱ

가능하다	ga-neung-ha-da	可能的
가깝다	ga-kkap-tta	近、不遠的
같다	gat-tta	相同、一樣的
궁금하다	gung-geum-ha-da	好奇的
귀중하다	gwi-jung-ha-da	貴重的
고프다	go-peu-da	餓的
곤란하다	gol-lan-ha-da	困難、為難的
기쁘다	gi-ppeu-da	開心、愉悅的
귀엽다	gwi-yeop-tta	可愛的
괜찮다	gwaen-chan-ta	沒關係、無礙的
고맙다	go-map-tta	感謝的

ㄴ

나쁘다	na-ppeu-da	壞、不好的
낫다	nat-tta	比較好、好的
늦다	neut-tta	遲到的、晚的

ㄷ

다르다	da-reu-da	不同的
다양하다	da-yang-ha-da	多樣的

ㅁ

만족스럽다	man-jok-sseu-reop-tta	滿意、滿足的
많다	man-ta	多的
멋지다	meot-jji-da	帥氣、漂亮的
무리하다	mu-ri-ha-da	沒有道理、無理的
멀다	meol-da	遠的
미안하다	mi-an-ha-da	感到不好意思、對不住的
메스껍다	me-seu-kkeop-tta	噁心、想吐的（如暈機）

바쁘다	ba-ppeu-da	忙碌、繁忙的
반갑다	ban-gap-tta	高興、喜悦的
비싸다	bi-ssa-da	昂貴的
부족하다	bu-jo-ka-da	不足、不充分的
비슷하다	bi-seu-ta-da	類似的
불리하다	bul-li-ha-da	不利的
불편하다	bul-pyeon-ha-da	不方便、不便利的
불가능하다	bul-ga-neung-ha-da	不可能的
부르다	bu-reu-da	飽足的
복잡하다	bok-jja-pa-da	複雜的
빠르다	ppa-reu-da	速度、時間快的

소중하다	so-jung-ha-da	珍貴的
심하다	sim-ha-da	嚴重的
슬프다	seul-peu-tta	悲傷、難過的
신중하다	sin-jung-ha-da	慎重、謹慎的
시끄럽다	si-kkeu-reop-tta	吵雜的
쉽다	swip-tta	容易、簡單的
싸다	ssa-da	便宜的

ㅇ

아프다	a-peu-da	疼痛的
우울하다	u-ul-ha-da	憂鬱的
익숙하다	ik-ssu-ka-da	熟悉、上手的
어렵다	eo-ryeop-tta	困難的
이상하다	i-sang-ha-da	奇怪、異常的
이르다	i-reu-da	提早、早的
인기있다	in-gi-it-tta	有人氣、暢銷的
옳다	ol-ta	正確、無疑的
유리하다	yu-ri-ha-da	有利的
일정하다	il-jeong-ha-da	一定的
예쁘다	ye-ppeu-da	漂亮的

ㅈ

자명하다	ja-myeong-ha-da	沒有疑慮、清楚自明的
좋다	jo-ta	好的
중요하다	jung-yo-ha-da	重要的
저렴하다	jeo-ryeom-ha-da	廉價、便宜的
정확하다	jeong-hwa-ka-da	正確的
적절하다	jeok-jjeol-ha-da	適當的
지저분하다	ji-jeo-bun-ha-da	骯髒、混亂的
죄송하다	joe-song-ha-da	對不起、心懷歉意的

ㅊ

| 충분하다 | chung-bun-ha-da | 充分、足夠的 |

ㅌ

| 타당하다 | ta-dang-ha-da | 妥當、可行、妥善的 |

ㅍ

필요하다	pi-ryo-ha-da	必要的
필요없다	pi-ryo-eop-tta	非必須的、非必要的
편하다	pyeon-ha-da	方便的
편리하다	pyeol-li-ha-da	便利的

ㅎ

| 훌륭하다 | hul-lyung-ha-da | 厲害、了不起的 |
| 한가하다 | han-ga-ha-da | 有空閒、閒暇的 |

4 副詞部分

ㄱ

가장	ga-jang	最、常常
같이	ga-chi	一同、一起
간단히	gan-dan-hi	簡單地

가장	ga-jang	最、常常
같이	ga-chi	一同、一起
간단히	gan-dan-hi	簡單地
고의로	go-ui-ro	有意、故意地
곧	got	馬上
가끔	ga-kkeum	有時候、偶爾
강력히	gang-nyeo-ki	強力地
그렇게	geu-reo-ke	那樣地

ㄴ

| 너무 | neo-mu | 非常、太 |

ㄷ

다	da	全部
다시	da-si	再一次
달리	dal-li	不同地
단지	dan-ji	僅僅、只是
당분간	dang-bun-gan	短時間、暫時
대충	dae-chung	大概、馬馬虎虎
대폭	dae-pok	大幅地、大量地
더	deo	更
대단히	dae-dan-hi	非常、巨大地

| 또 | tto | 又、再 |
| 따로 | tta-ro | 另外、另行 |

ㅇ

마침	ma-chim	剛好
마지막으로	ma-ji-ma-geu-ro	最後地
많이	ma-ni	數量多地
먼저	meon-jeo	首先
모두	mo-du	全部
매우	mae-u	非常、太
무척	mu-cheok	非常、極

ㅂ

바로	ba-ro	馬上
별로	byeol-lo	不怎麼樣
빨리	ppal-li	快一點地、急速地

ㅅ

실로	sil-lo	事實上
새로	sae-ro	新地、重新地

ㅇ

아마	a-ma	大約、可能
아직	a-jik	尚未
안녕히	an-nyeong-hi	平安地、順利地
오래	o-rae	很久、好久地
이렇게	i-reo-ke	這樣地
열심히	yeol-sim-hi	努力地、用心地

얼마나	eol-ma-na	多少地、何其
이만	i-man	到此
일단	il-dan	首先、一旦
우선	u-seon	首先、優先地
엄격히	eom-gyeo-ki	嚴格地

ㅈ

좌우간	jwa-u-gan	無論如何、不管怎麼樣地
지금	ji-geum	現在
전	jeon	之前
저렇게	jeo-reo-ke	那樣地
주로	ju-ro	主要地、首要地

ㅊ

참고로	cham-go-ro	參考地
천천히	cheon-cheon-hi	慢慢、不徐不緩地

ㅋ

크게	keu-ge	大、強、出力地

ㅌ

틀림없이	teul-li-meop-ssi	無疑地、沒有問題地
특별히	teuk-ppyeol-hi	特別地

ㅍ

| 편히 | pyeon-hi | 舒適、方便地 |

ㅎ

항상	hang-sang	常常地
확실히	hwak-ssil-hi	確實、確定地
훨씬	hwol-ssin	更加
함께	ham-kke	一齊、一同地

附錄二

常見的韓語國際貿易詞彙

在我們學習完前面有關於常常出現在商場交易的韓語基本單詞之後,在這裡,筆者特別收錄常常出現在國際貿易中出現的韓語關鍵詞彙,也請讀者們熟讀,一定會在和韓國人交易的商場上派上用場的。

값을 깎다 , 할인하다	gap-sseul kkak-tta, ha-rin-ha-da	(打)折、降價
가격을 인상하다	ga-gyeo-geul in-sang-ha-da	漲價
가격을 인하하다	ga-gyeo-geul in-ha-ha-da	降價
운임을 선불	u-ni-meul sseon-bul	出貨前先付運費
운임을 착불	u-ni-meul chak-ppul	貨到之後支付運費
커미션 , 구전	keo-mi-syeon, gu-jeon	佣金、抽成
이윤	i-yun	利潤
경제	gyeong-je	經濟
경기 회복	gyeong-gi hoe-bok	景氣回升
불경기	bul-gyeong-gi	不景氣
인플레이션	in-peul-le-i-syeon	通貨膨脹
디플레이션	di-peul-le-i-syeon	通貨緊縮
무역	mu-yeok	貿易
수출	su-chul	輸出、出口
수입	su-ip	輸入、進口
수출입	su-chu-rip	輸出口
3(삼) 국간 무역	3(sam)guk-kkan mu-yeok	轉口貿易
다국적 무역	da-guk-jjeok mu-yeok	跨國貿易、公司
합작 회사	hap-jjak hoe-sa	合資企業
보상 무역	bo-sang mu-yeok	補償貿易
바터 무역	ba-teo mu-yeok	易貨貿易

위탁 가공	wi-tak ga-gong	代工
외화	oe-hwa	外匯
외화준비	oe-hwa-jun-bi	外匯儲備
외환 시세	oe-hwan-si-se	外匯行情
시세 , 싯가	si-se, sit-kka	行情、行市
원화 가치 상승	won-hwa ga-chi sang-seung	韓元升值
원화 가치 하락	won-hwa ga-chi ha-rak	韓元貶值
환율	hwa-nyul	匯率、兌換率
공정 환율	gong-jeong hwa-nyul	公定換率
외환 관리	oe-hwan gwal-li	匯兌管制
변동환율제	byeon-dong-hwa-nyul-je	浮動匯率制
시세회복	si-se-hoe-bok	回漲
시세하락	si-se-ha-rak	回落
첨단 기술	cheom-dan gi-sul	尖端技術、新技術
노하우	no-ha-u	專有技術
특허권	teu-keo-gwon	專利權
투자	tu-ja	投資
현지 조립	hyeon-ji jo-rip	來件組裝
소득세	so-deuk-sse	所得稅
감세	gam-se	減 (免) 稅
면세	myeon-se	免稅
결손	gyeol-son	虧損
결산	gyeol-san	結帳、報銷
통관 절차	tong-gwan jeol-cha	報關手續
수출신고서	su-chul-sin-go-seo	出口報單
수출승인신청서	su-chul-seung-in-sin-cheong-seo	出口許可申請書
신고자	sin-go-ja	申報人
원산지증명서	won-san-ji-jeung-myeong-seo	原產地證明書
수입세	su-ip-sse	進口稅

특혜 관세	teu-kye gwan-se	優惠關稅
납세	nap-sse	交稅
공제하다	gong-je-ha-da	扣除
밀수하다	mil-su-ha-da	走私
밀수품 , 밀수 상품	mil-su-pum, mil-su sang-pum	黑貨
몰수하다	mol-su-ha-da	沒收，充公
세관	se-gwan	海關
선적	seon-jeok	船運、裝船
출하하다	chul-ha-ha-da	發運 / 發貨
도착하다	do-cha-ka-da	到達
출하항	chul-ha-hang	出貨港口
도착항	do-cha-kang	到貨港，目的港口
납품 , 딜리버	nap-pum, dil-li-beo	交貨
독점 판매하다	dok-jjeom pan-mae-ha-da	壟斷販賣
거액	geo-aek	大宗 (買賣)
소액	so-aek	小宗 (買賣)
견본시장	gyeon-bon-si-jang	樣品展示會
입찰 모집	ip-chal mo-jip	招標，投標
낙찰	nak-chal	得標、中標
유저 , 수요자	yu-jeo, su-yo-ja	用戶
고객	go-gaek	客戶，顧客
시장 가격	si-jang ga-gyeok	市價
염가	yeom-ga	廉價
고가	go-ga	高價
카탈로그	ka-tal-lo-geu	樣本、目錄
견본	gyeon-bon	樣品
규격	gyu-gyeok	規格
모델번호	mo-del-beon-ho	型號
상표 , 브랜드	sang-pyo, beu-raen-deu	商標，品牌、牌子

상표	sang-pyo	商標
유명 브랜드	yu-myeong beu-raen-deu	有名的名牌
디자인	di-ja-in	圖案、設計
품질	pum-jil	品質、質量
광고	gwang-go	廣告
현물	hyeon-mul	現貨
상품	sang-pum	商品
중고품	jung-go-pum	二手、中古貨
재고	jae-go	存貨，庫存
재고 과잉	jae-go gwa-ing	庫存過量
고객 유인 상품	go-gaek yu-in sang-pum	人氣商品
자금부족	ja-geum-bu-jok	資金不足
수출품	su-chul-pum	輸出品、出口貨
수입품	su-ip-pum	輸入品、進口貨
급등하다	geup-tteung-ha-da	猛漲、暴漲
가격	ga-gyeok	價格
동일 가격	dong-il ga-gyeok	同價
단가	dan-ga	單價
가격표	ga-gyeok-pyo	價格表
견적 의뢰	gyeon-jeok ui-roe	詢問價錢
견적	gyeon-jeok	報價
견적하다	gyeon-jeo-ka-da	核算、報價
오퍼	o-peo	報價
납입일	na-bi-bil	繳納日
납기일	nap-kki-il	交貨期
기일대로	gi-il-dae-ro	按期
항구	hang-gu	港口
부두	bu-du	碼頭
선박명	seon-bang-myeong	船名

차터 선박	cha-teo seon-bak	租船
선복 , 스페이스	seon-bok, seu-pe-i-seu	艙位，船艙
(선복의) 예약	(seon-bo-gui) ye-yak	訂船運貨櫃
하주	ha-ju	貨主
하수인	ha-su-in	收貨人
포장하다	po-jang-ha-da	包裝
지정 포장	ji-jeong po-jang	指定包裝
분할 적하	bun-hal jjeo-ka	分批裝貨
매입 은행	mae-ip eun-haeng	買進、買入銀行
환어금	hwa-neo-geum	匯票
환송금	hwan-song-geum	匯款
서류	seo-ryu	文件、單據
인보이스	in-bo-i-seu	發單、發票
인보이스카피	in-bo-i-seu-ka-pi	發單副本
인보이스가격	in-bo-i-seu-ga-gyeok	發單價格
인보이스총액	in-bo-i-seu-chong-aek	發單總值

附錄三

關於韓國簽證

根據台灣與韓國於 2012 年 6 月 21 日達成互免簽證停留期限的新協議，並於 7 月 1 日正式開始實施的協定內容，台灣民眾訪問韓國，例如在韓國境內觀光、購物之旅或者是短期進修之類的活動，免簽證停留期限延長為 90 天（以前是 30 天）。

之所以會放寬停留期限的原因，莫過於台灣與韓國於 2003 年開始實施互免簽證 30 天，且於 2005 年正式恢復航線之後，國人訪韓人數由原初的 55 萬人至去年 66 萬人，增加了近 20%。

加上近年韓流熱潮在全世界大放光芒，台灣訪韓的人數也是不斷地上升。除此之外，在台灣國內也興起了一陣學習韓語熱潮，這些對於韓語感到興趣的國人，進而前往韓國當地語言學校進行進修的人數也是不在話下。

而在 2011 年，台灣也與韓國簽訂打工旅遊簽證，加上 2012 年台北松山機場－韓國金浦機場的直航線開通之後等等措施，可以說，往後兩國之間的交流會越來越頻繁，因應此趨勢，免簽證停留 90 天協議也是勢在必行，不僅提供兩國交流的便利，也為台灣與韓國帶來更不一樣的發展。

工作簽證（以下資料以最新 2011 年公布的數據為主）

那麼，當我們已經收到韓國當地公司老闆、雇主之聘僱許可證時，要如何申辦所謂的工作簽證呢？首先，若我們在台灣的話，就能夠直接在本國申請工作簽證；但是若是身在韓國時，則務必向台灣代表處聯繫，來申請工作簽證。

而工作簽證主要有效限期自發給日起開始計算 3 年內（非專業性工作者之情況時，簽證有效期間為 3 年）有效，當 3 年時間一過，獲得同一韓國當地公司老闆、雇主允許，可以協助申請延長簽證，而這時簽證最多可以延長至 4 年 10 個月。

但是，若是屬於專業性工作者，或者是技術性工作者之情況，韓國政府會根據該職業種類的不同，分別會給予簽證有效期間為 2 年、5 年、7 年等等多種不同工作簽證。

而發行工作簽證所需要的工作日約為 1~2 週左右，根據滯留資格之不同也會有所調整。如欲延長工作簽證者，僅限受雇於同一雇主方可再申請滯留。另外凡持有工作簽證者之外國人，必須要向出入境管理事務處申請辦理居住許可證；如未持有工作簽證但卻私底下從事可領取高額報酬工作之外國人，被發現時，很有可能被韓國政府罰以高額的罰金，甚至驅逐出境。

申請簽證
- 如欲申請簽證者，必須向韓國代表處或者大使館申請辦理
- 簽證申請者需備妥護照、申請書、最近 6 個月內拍攝之 3.5cm X 4.5cm 大小彩色相片以及根據申請的簽證資格所個別需要繳交之文件等。

簽證手續費用：
a. 90 日以內單次來回簽證：費用相當於 30 元美金之韓元
b. 91 日以上單次來回簽證：費用相當於 50 元美金之韓元
c. 所有多次往返簽證：費用相當於 80 元美金之韓元
d. 延長再入國許可期間：費用相當於 20 元美金之韓元
e. 中國團體觀光旅客：每人費用相當於 10 元美金之韓元
* 依據國家間締結之協定，英國、西班牙、義大利、泰國、日本、台灣、烏克蘭等國為免除簽證手續費，有關免除簽證手續費之詳細內容請參考 Hi-Korea 網站 (http://www.g4f.go.kr) 中的 INFORMATION → Immigration → VISA → VISA → Visa Issuance Fee)
* 若非與韓國簽訂互為免除簽證手續費之國家，亦可參照其他與韓國政府所締結之協定，有關簽證發給手續費之規定也會有所不同或調整。
（例如：韓國與加拿大兩國間有簽訂發行觀光工作簽證協定）

延長簽證狀況
1. 凡持有觀光簽證入境之旅客，除非遇意外事故、健康上問題、飛機停航等特別狀況外方能延長簽證，此時請向管轄區出入境管理事務處申請。

2. 申請人必需在簽證到期 2 個月前登錄 Hi Korea 網站 (http://www.g4f.go.kr) 或向管轄區出入境管理事務處申請延長簽證。

3. 韓國簽證樣式：

① 簽證號碼：簽證的編號
② 滯留資格：此外國人在韓滯留期間可從事之社會活動或身分之種類
③ 滯留期間：自入境韓國當日起開始計算，可滯留在韓國的時間
④ 種類：簽證的種類可分為單次來回簽證，或者是多次往返簽證 (S：單次來回簽證／M：多次往返簽證)
⑤ 發給日：簽證之發行的日期
⑥ 到期日：簽證之到期日，務必在簽證有效期限內入境韓國，如已超過到期日該簽證將被視為無效
⑦ 發行機關：有關於此簽證發行機關之資料

與韓國簽證相關，韓國當地地區相關網址：
外貿通商部（Ministry of Foreign Affairs and Trade）
- http://www.mofat.go.kr
外國人出入境政策本部（Korea Immigration Service）
- http://www.immigration.go.kr
專為外國人建立的電子政府（Hi Korea）
- http://www.g4f.go.kr

Linking Korean
公事包韓語

2013年12月初版 定價：新臺幣390元
有著作權・翻印必究
Printed in Taiwan.

著　者	陳　慶　德	
	慎　希　宰	
審　訂	金　英　美	
發行人	林　載　爵	

出　版　者	聯經出版事業股份有限公司	叢書編輯　李　　　芃
地　　　址	台北市基隆路一段180號4樓	校　　對　洪智叡・陳怡均
編輯部地址	台北市基隆路一段180號4樓	整體設計　桂　沐　設　計
叢書主編電話	(02)87876242轉226	錄音後製　純粹錄音後製公司
台北聯經書房	台北市新生南路三段94號	
電　　　話	(02)23620308	
台中分公司	台中市北區健行路321號1樓	
暨門市電話	(04)22312023&22302425	
台中電子信箱	e-mail：linking2@ms42.hinet.net	
郵政劃撥帳戶	第0100559-3號	
郵　撥　電話	(02)23620308	
印　刷　者	文聯彩色製版印刷有限公司	
總　經　銷	聯合發行股份有限公司	
發　行　所	新北市新店區寶橋路235巷6弄6號2樓	
電　　　話	(02)29178022	

行政院新聞局出版事業登記證局版臺業字第0130號

本書如有缺頁，破損，倒裝請寄回台北聯經書房更換。　　ISBN 978-957-08-4303-3 (平裝)
聯經網址：www.linkingbooks.com.tw
電子信箱：linking@udngroup.com

國家圖書館出版品預行編目資料

公事包韓語/陳慶德、慎希宰著．初版．臺北市．
　聯經．2013年12月（民102年）．320面．13×18.8公分
　（Linking Korean）
　ISBN 978-957-08-4303-3（平裝附光碟）

　1.韓語　2.商業　3.會話

803.288　　　　　　　　　　　　　　　102022940

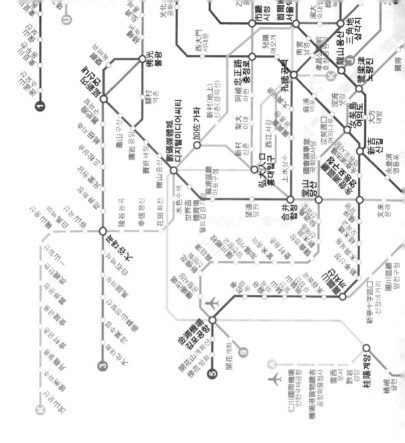

韓國首爾地鐵地圖

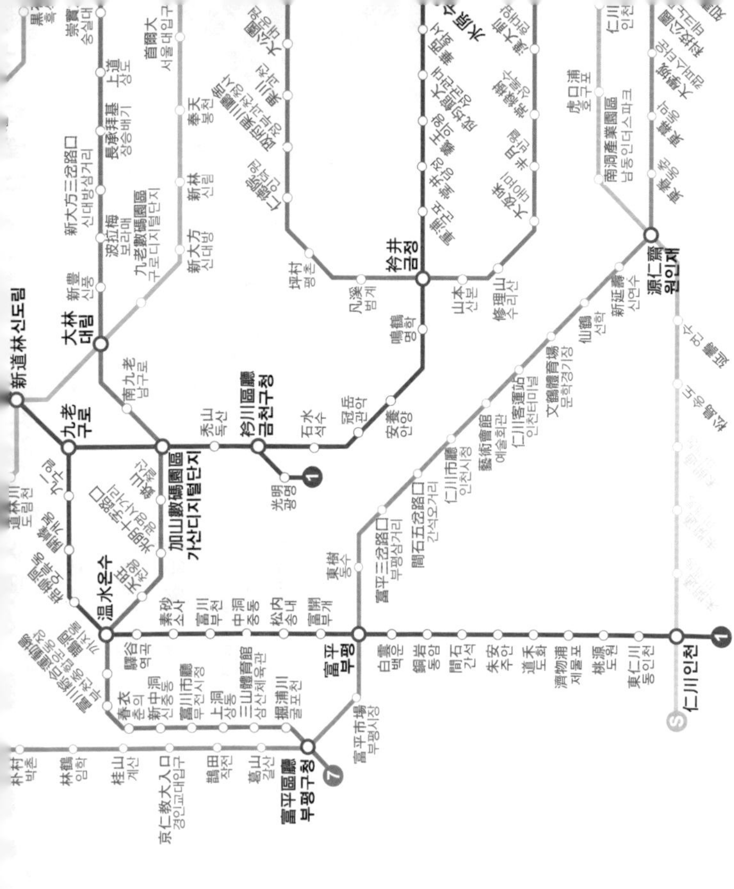

新道林 신도림
九老 구로
大林 대림
新豊 신풍
溫水 온수
加山數碼園區 가산디지털단지
衿川區廳 금천구청
光明 광명
衿井 금정
源仁齋 원인재
富平 부평
仁川 인천
富平區廳 부평구청
新大方 신대방
新林 신림
奉天 봉천
首爾大 서울대입구
崇實大 숭실대
上道 상도
長承拜基 장승배기
新大方三岔路口 신대방삼거리
波拉梅 보라매
九老數碼園區 구로디지털단지
南九老 남구로
禿山 독산
石水 석수
冠岳 관악
安養 안양
鳴鶴 명학
山本 산본
修理山 수리산
坪村 평촌
凡溪 범계
仙鶴 선학
新延壽 신연수
文鶴體育場 문학경기장
仁川客運站 인천터미널
藝術會館 예술회관
仁川市廳 인천시청
間石五岔路口 간석오거리
富平三岔路口 부평삼거리
東樹 동수
南洞產業園區 남동인더스파크
虎口浦 호구포
仁川 인천
驛谷 역곡
素砂 소사
富川 부천
中洞 중동
松內 송내
富開 부개
白雲 백운
銅岩 동암
間石 간석
朱安 주안
道禾 도화
濟物浦 제물포
桃源 도원
東仁川 동인천
春衣 춘의
新中洞 신중동
富川市廳 부천시청
上洞 상동
三山體育館 삼산체육관
掘浦川 굴포천
富平市場 부평시장
朴村 박촌
林鶴 임학
桂山 계산
京仁教大入口 경인교대입구
鵲田 작전
葛山 갈산
道林川 도림천

Subway map

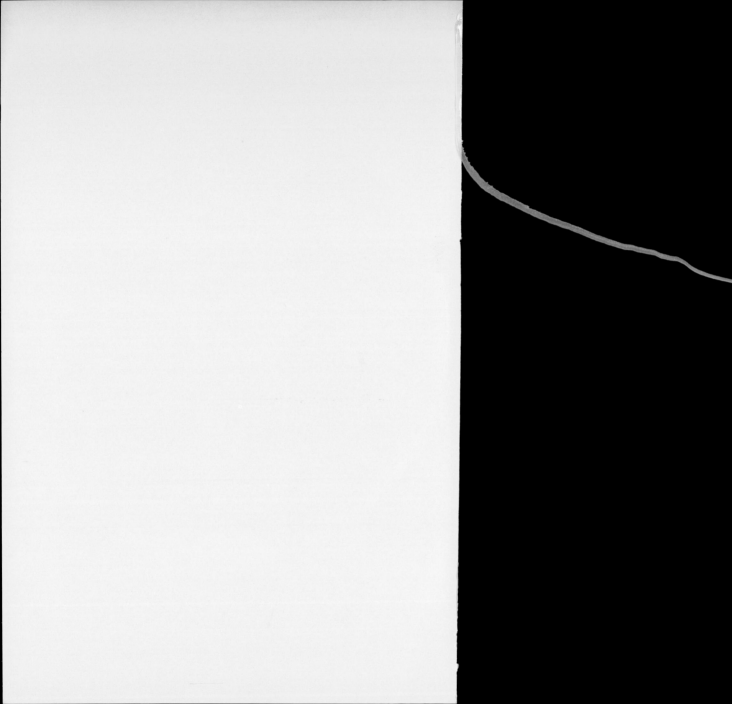